Die Bibel auf dem Giebel

Wahre Schöpfung
Hugin und Munin

• • •

© 2023 Sven M. Bork

Die Bibel auf dem Giebel
3. Auflage

Hugin und Munin, Odins Raben

2023

Erstererschienen am 20.02.2020

TWENTYSIX
Eine Marke der Books on Demand GmbH
Herstellung und Verlag: BoD – Books on Demand, Norderstedt
ISBN: 9783740724337

Danksagungen, aus Kostengründen das Vorwort

Zuerst einmal danke ich den Zeugen, die genau gesehen haben, wie Jehova auf diese Welt so wirkt und die mir Einblicke in Ihr Denken, Fühlen und ihre Illusion der Bibel gegeben haben.

Es war einer dieser Tage, es regnete, es stürmte und irgendwie waren sie nett, vor allem die Adrette, Brünette, stellte sich vor als Jeanette.
„Wir möchten das Buch des Herrn mit Ihnen teilen".

Ich nahm es bei dem Liebreiz gar nicht wahr, der graue Himmel war so im Kontrast zu Frau Jeanette, dass ich die verheerenden Worte sprach,
„kommen Sie doch rein."
Da waren sie dann, Jeanette eine Vergeudung an Körper und Sinnlichkeit, für eine Sekte, in der man absolut nichts darf. Nie Geburtstag hat und dennoch altert. Kein Weihnachten oder Sonstiges.
Die Erdbeeren, im Leben des Zeugen Jehovas, bestehen daraus, vor Bahnhöfen mit „Erwachtet" und „der Wachturm" zu stehen und diese mit starrem Blick, der anklagend wirkt, energisch entgegenkommenden Passanten entgegenzuhalten, von denen 99,9999% vorbeilaufen und 0,0001% einen dämlichen Spruch reißen.
Dass diese Machwerke irgendwer kauft, hat niemand erlebt, am wenigsten diejenigen, die diese Schriften anbieten.
Und doch, meine geneigten Leser, ist das der größte Verlag, den man sich vorstellen kann, mit Traumauf-

lagen. Den als Zeuge muss man diese Schriften ebenkaufen und derer mehrere.

Ich bin der Erzähler, dem selbst nichts einfällt, dem Stimmen flüstern, am meisten höre ich einen Svenney O Shea, der mir seine wahren Abenteuer diktiert, aber dieses Mal waren es 2 Raben Odins.

Hugin und Munin

Jener mir die Eingaben für dieses Buch gaben, das ich einzig und alleine dem Besuch, zweier Damen verdanke, welche die Bibel In- und auswendig kennen.

Was von meiner Seite in der Hoffnung anfing, der Jeanette, kokett im Falsett das Korsett auf das Bett oder darunter zu verbringen begann.
Aber die dürfen gar nix, nicht mal vor der Ehe vögeln.
So saß ich da und lauschte, was die beiden mir offenbarten, und das war einiges.

Ihr Thema war die Schöpfungsgeschichte und später ging es um die Sintflut aus Sicht Ihrer Sekte.
Nachdem ich realisiert hatte, dass Jeanette kokett, niemals das Bett vor einer Eheschließung teilen würde, ich ebenfalls Zeuge dieses Jehovas werden müsste, versuchte ich meinen Spaß zu haben, mit den beiden.
Das misslang, denn diese Betrachter Jehovas kennen die Bibel, jeden Absatz und sie wissen genau was man wann, wo zu antworten hatte.
Alle meine Anmerkungen wurden abgeschmettert, mir anhand der Bibel und Textpassagen genau gezeigt, wo das eigene religiöse Empfinden im Argen liegt.

Ich war am Ende, kurz davor zu konvertieren, oder wie man sagt, vor allem nachdem Jeanette durchblicken lies, das sie alleine auf Missionsarbeit geht und das so gerne bald mit einem Mann an Ihrer Seite tun würde.

Die Hoffnung erwachte erneut, mit ihr meine Aufmerksamkeit, die von der Begleitung von Jeanette jäh gedämpft wurde.

Trotzdem war es mein Wille, sie zu retten, zu erlösen oder befreien, es war mir egal.

Der erste Teil des Buches, entspricht in etwa 90% der gedanklichen Reproduktion des Nachmittages, an dem mir Jeanette und das andere Wesen, die Schöpfung erklärt haben und meine Antworten bzw. Kommentare dazu.

Ich muss sagen Hut ab, würde jemand versuchen mich so zu verarschen, oder nicht ernst nehmen, wie ich es bei beiden getan habe, ich wäre gegangen. Die zwei sind es nicht.
So entstand Dialog, der so oder ähnlich mal stattfand.

Ich dachte, es wäre eine gute Idee, 2 Raben das ganze Erzählen zu lassen. Während der ersten 100 Seiten sind die mir so ans Herz gewachsen, das Sie ihr Eigenleben entwickelten und so entstand Part 2 dieses Titels, über die beiden Raben.
Eigentlich wäre das Buch im Stile von Teil 1 weitergegangen. Die zwei haben, das Ganze bis Exodus, das zweite Werk Mose mit mir erörtert. Aber zum Glück haben dann die beiden Raben, mir Ihre Version erzählt.

Und hier erzähle ich Sie euch weiter.

Der Erzähler, das bin ich.

Sven M Bork, die Brille ist ein Fake, da wurde ich in Bangkoks Khao Sarn Road offensichtlich reingelegt.

1967 kam ich erfolgreich als Kind, in Landau/ Pfalz zur Welt, zunächst ohne Lesen und Schreiben zu können, das kam dann in der Schule, zum Leidwesen der Deutschlehrer.
Im Diktat war ich damals, schön räudig, mit meinem Kumpel Sven, übertrafen wir uns gegenseitig, an Rotstift Einträgen, es waren Statussymbole möglichst viele zu haben.

Im Aufsatz war es schlimmer, ich habe in meiner Schulzeit nicht einen einzigen Hausaufsatz fertig bekommen, obwohl ich Zeit sparte, indem ich mir mit der Schrift, so gar kein Bisschen Mühe gab. Es würde für eine Note 2 oder sogar eine Eins gereicht haben, hätte der Lehrer die Arbeit lesen können, aber wie sollte er, es gelang mir selbst, meistens nicht mehr.
Deutsch war nie das Lieblingsfach, außer zu Zeiten von Frau Jansen, meiner erste Liebe. Ihr Hang zu engen Röcken und diesem Secretary Stile der von ihr wehte, wow.
An den Leistungen im Fach Deutsch änderte es einiges. Die erste Note 5.
Denkbar Sie erkannte meine Intention, bei ihr Nachhilfe zu bekommen, durch Nachsitzen, bzw. sie durchschaute es.
Das ganze gestaltete sich in der 5 und 6 Klasse, was damals Orientierungsstufe geheißen hat und die Spreu vom Weizen trennen sollte.
Die Saat geht auf, so dachte ich mir und trollte mich zu der Spreu.
Das Schulsystem durchlief ich komplizierter, als es hätte sein müssen, ich liebte die Herausforderung.
Schreiben, konnte ich immer noch nicht, aber erzählen.
Ich erzählte und die meisten glaubten mir, außer diejenigen mich kannten.
Die wussten, ich erzähl nur etwas, das nicht unbedingt zutraf, oft log ich nur schamlos.
In einem Buch wirken Bilder oder Grafiken nur auf ungeraden Seiten, deshalb stelle ich euch hier mal Vipy Bork, Tong Cartoon vor.

Sie zeichnet diese Illustrationen, ich selber finde jeden Einzelnen genial.
Es funktioniert so, da Sie meine Bücher nicht lesen kann, weil ich Sie in Deutsch und nicht in asiatisch schreibe, erkläre ich ihr ein Teilstück. Und habe da

dann diese Gedankenblase, was ich mir so vorstelle,
keinen Oralverkehr mit meiner Phantasie, iiiih
bewahre. Vipy ignoriert jeden Hinweis von mir, wie ich
es mir vorstelle und zeichnet dann Ihre Version, die

Vipy Bork   oder Tong Cartoons (Porträt
selbst gezeichnet).

immer besser ist, als meine Imagination davon
So wird es dargestellt.
Ich glaube das, denn das, was Vipy skizziert und das,
was ich mir vorstelle, sind 2 verschiedene Cartoons,
aber ich find ihren besser.

Als Grafik DESIGNERIN, war Sie in Ihrer Heimat schon
erfolgreich, hier bei uns, hat Sie auf einigen Comic
Konvention, auf sich aufmerksam gemacht und im

mediterranen Umfeld, kennt man etliche ihrer Arbeiten.

Entwurf der Schöpfer

Gendern war früher,
wenn ein Sachse mit dem Boot umkippt.

Die Bibel auf dem Giebel   Odins Raben

IMPRESSUM

E-Mail s für Feedback

Erzähler Svenneyoshea@gmail.com
Grafiken VipyBork@aol.com
Oder
       Querart@aol.com

Bibliografische Information der Deutschen Nationalbibliothek:
Die Deutsche Nationalbibliothek verzeichnet diese Publikation in der Deutschen Nationalbibliografie; detaillierte bibliografische Daten sind im Internet über http://dnb.dnb.de abrufbar.

TWENTYSIX – der Self-Publishing-Verlag
Eine Kooperation zwischen der Verlagsgruppe Random House und BoD – Books on Demand

© 2023 Sven Bork   Texte   Vipy Bork Cartoons
         Querart geschützte Wortmarke
Herstellung und Verlag:
BoD – Books on Demand, Norderstedt

ISBN: 978-3-740-72433-7   9783740724337

Illustration: Vipy Bork Tong Cartoon

Inhaltsverzeichnis
TEIL 1

1	Intro	7
2	Hugin und Munin	15
3	Das erste Buch Mose (Genesis) Die Schöpfung	25
4	Der Sündenfall	50
5	Kains Brudermord	58
6	Kains Nachkommen	74
7	Geschlechterregister von Adam bis Noah	82
8	Gottes Söhne und Menschen und Töchter	88
9	Ankündigung der Sintflut	89
10	Hugin und Munin erklären die Sintflut	94
11	Die Sintflut	105
12	Ende der Sintflut Noahs Opfer	114
13	Gottes Bund mit Noah	121

Ende Teil 1 und jetzt im Teil 2, wird es cool, Hugin und Munin erfahren, wie es wirklich abläuft, woher die Welten kommen, alles über Götter und ansonsten ....

Teil 2 Hugin und Munin

1. Die Schöpfungsgeschichte nach
   Hugin und Munin 129
1.1 Nichts absolut nichts und sonst
   gar nichts 129
2. Ein Universum entsteht 146
   Marketing und wer die Universen
   dann kauft. 169

3. Von Zauberern und Magiern 169
4. Organisches Raumschiff
5. Kapitänin. C. Racklette u. die Schlepper 171
6. Erde Version 11/7 182
7. Das Konstrukt 191
8. Leben vom Reißbrett 209
9. Die Raben des Odin und
   sein Walhalla 217
10. DNA Daten Design 224
11. Ideologien – Religionen
    Politik und der ganze Scheiß 229
12 Die Zusammenhänge
   Nichts gehört zusammen 243
13 Diplomatie Diskrepanzen
   Und Politik 255

14 Tsering Khy die Letzte
    Inkarnation 263
15 Erleuchtung das wahre Sein.

Erster Entwurf von Munin

1. Intro

Es war ein Wetter, dem man nicht ansehen konnte, dass es gut war. Es regnete nicht einmal, aber ein unangenehmer Wind pfiff um die Häuser, was so nicht stimmte, denn da stand nur eines.
Eine alte Villa, mit einem Park drumherum, auf dem ein eigener Friedhof angelegt war. Die Grabsteine und die beiden Mausoleen waren von der Zeit gezeichnet.
Das Haus gehörte einst, den O`Shea´s eine alte irische Familie, welche durch den heldenhaften Svenney O`Shea zu allerlei, außer Reichtum gekommen war.
Dass diese Villa dennoch entstand, verdankt der Clan einer anderen Institution, dem Kosmos.
Wer kennt es nicht, das Buch „Bestellung beim Universum."?
Laut diesem Dünnbrett esoterischen Machwerk, muss man nur im Kosmos anrufen und bestellen, dann kommt das gewünschte. Eine Telefonnummer wurde nicht mit angegeben. Auf den sibyllinischen Webseiten findet man gar NIX dazu und schon während ich „wahren Abenteuer des Svenney O`Shea" des „Lektors" und anderen komischen Figuren erzählt habe. Hatte ich mehrfach beim Universum, eine Calzone und eine Pulle guten Rotweins bestellt und zur Not hätte ich Lambrusco

genommen. Von dem es trinkbare Ausführungen gibt, aber leider nicht in Deutschland, Europa oder anderen Kontinenten, sondern eher in einem von den Uurluucks geführten Imbissketten Unternehmung am Rand der Galaxis.
Ich dachte die Idee, den Lambrusco zu erwähnen würde beim Universum gut ankommen, ich hielt es für einen Weinkenner, aber ich schicke es voraus, weder diese noch jede andere Bestellung wurde bis heute ausgeführt.
Ich denke, das liegt daran, dass mein Dorf, in dem ich lebe und erzähle, schlecht an das öffentliche Verkehrsnetz angeschlossen ist. Deswegen habe ich aufgehört beim Universum zu bestellen. Wenn ich richtigen Hunger habe, nutze ich daher den Service der Nudeloper, die 12 KM weiter in einer Kleinstadt, die Mafia Torten in den Ofen gnärzt. Dann freue ich mich, wenn die kalte Teig Platte, mit allerlei Resten obenauf, aus dem Gastgewerbe, bei mir ankommt.
Eines der Mysterien dieser Welt ist bei diesen Hefeplätzchen für Riesen, die Tatsache, das der Rest, die Teigmasse, samt Peperoni und Salami, maximal Außentemperatur erreicht. Aber die 3 gequält aussehenden Tomatenscheiben und das, was die Speisekarte vorsichtig als Käse umschreibt, immer eine Kerntemperatur von ca. 280 Grad, und zwar Celsius aufweist. Der sogenannte Käse, ein in

Natron und Milch eingelegtes Abfallprodukt aus der Fußpflege, hat die Eigenschaft, sich sofort bei Mundkontakt, an den Gaumen festzukleben. Dann direkt damit zu beginnen, seine innere Glut an diesen empfindlichen Bereich ab zu geben. Schafft man es, dieses fiese und heiße Etwas vom Gaumen abzulösen, hat man sofort eine Brandblase.
In selteneren Fällen klebt der Batzen direkt hinter der oberen Zahnreihe. Dabei richtet dieser, solche Verwüstungen des vorderen Gaumens und des Zahnfleisches an, das es einen dann davon abhält, den Rest von dieser Pizza zu verspachteln. Was gar nicht so abträglich für die Gesundheit ist.
Wohl dem, der eine Flasche Rotwein dazu geordert hat und Wohlbehagen dem, der sie erhalten hat.
Denn, das, was man in einer Trattoria oder Pizzeria bestellt und das was man dann letztendlich bekommt, steht in absolut gar keiner Beziehung, mit dem, was auf der Rechnung aufgelistet ist. Aber noch viel weniger in irgendeinem Konsens, steht das Wechselgeld, im Zusammenhang mit dem, was man dem, Kellner in die Hand gedrückt hat, aufgrund dessen, was man auf der Rechnung abgelesen hat.
Aber zum Rotwein, der einen dann wenigstens über die Erfahrung mit der Pizza hinweghilft. Der Brandverletzung kühlt und deren milde 12 %, aus dem Vergorenen von Hefe

und blauen Trauben, welche von den kräftigen Waden einer römischen Mama, aus der Schale gekeltert wurde, sich sanft und beruhigend ums Hirn winden.
Zum Glück trinkt man italienischen Trattoria Rotwein, direkt in den Kopf. Wo er sofort wirkt, weil er sonst dank seiner übermäßigen Säure, nur ein irres Sodbrennen verursacht, das die Pizza die anstatt im Magen, in der Pappschachtel liegt, innerhalb von 30 Sekunden zersetzen wird.
Saurer Wein, die Magenwände und Magensäure, übel.
Aller Erfahrung nach, richtet der Rebensaft im Kopf doch weniger Schaden an, als man befürchten würde. Weil diejenigen die diesen Tropfen hinter die Binde kippen, meistens zu wenig zerstörbare Substanz im Schädel haben, wobei ich mich selbst, in ein äußerst schäbiges Licht stelle. Dem Lektor ist das klar, er drückt es bei den Treffen immer so aus, dass er erleichtert ist, den Grund für meine etwas ungewöhnlichen Erzählungen, zu wissen.
Er hat aber unrecht, denn ich schildere nur und ausschließlich, was sich mir offenbart. Oder mir eingegeben wird, ich selbst habe keinerlei Fantasie und ob Sie meine geneigten und verehrten Leser das glauben oder nicht, ich bin beim Schreiben genauso entgeistert, was ich da abfasse, wie Sie es bei der Lektüre sind.

Am meisten überrascht es mich immer, wie weit meine Eingaben jedes Mal abschweifen, denn ich wollte eigentlich, von der Villa der O´Sheas und vor allem von den beiden Raben Hugin und Munin berichten.
Für diejenigen welche mich von meinen samstags Job, in der Yachtcharter, in Warnemünde hohe Düne kennen, sind Hugin und Munin, zwei ältere Bavaria Jachten. Wobei die Munin die bejahrteste von beiden ist, aber die fitteste, mit richtigem Holz unter Deck und der Gasgriff ist da wo er hingehört, oberhalb des Kompasses am Cockpit oder Steuerstand.
Ja, wie man in Bayern auf die Idee kommt, Jachten zu bauen, die man erst mal via Nacht Überbreiten- Sondertransport an die Meere verbringt, ist mir ein Rätsel. Für den Chiemsee oder den Starnberger See, sind die meisten Kaliber zu groß. Sei es drum.

Hugin und Munin, von denen ich erzählen soll, sind aber die Raben Odins.
Wotan und das wissen nicht alle, die zu ihm ehrfurchtsvoll aufschauen, ist der den Beinamen Hrfanass „Rabengott" trägt.
Hugin kommt aus dem Isländischen, das altnordische Huga bedeutet denken, das Substantiv Hugi besagt Sinn, ja und so soll es dann sein.
Munin kommt aus dem Isländischen oder altnordischen Muna, denken sich erinnern.
 Was ja durchaus zusammen passt, wie man

es von einem Göttervater so erwarten kann.

Die Universität in Tromsø, hat Hugin und Munin in ihrem Universitätslogo. Dort sind 2 der Hauptstraßen nach ihnen benannt.
Im Grunde nichts Besonderes, es gibt ja reichlich berühmte Krähen oder Raben die Karriere gemacht haben und unsterblich wurden.
Oft wird gestritten, was den der Unterschied zwischen einem Raben und einer Krähe ist, keiner.
 Beides sind Rabenarten Corvus, die Raben sind die größeren Arten und die Krähen eben die kleineren davon.
Viel interessanter ist das es bei den Raben eine dritte, die kleinste Form gibt, den Raben light, die Dohle. Die eher hellgrau ausfärbt und graue Augen hat und maximal 35 cm groß wird, während der größte europäische Rabe 65 cm, bei einer Spannweite von 130 cm aufweist.
Interessanter ist die Tatsache, das Krähen nicht die Reinkarnationen von Politikern sein können, denn diese Vögel besitzen Intelligenz, sie sind in der Lage „Werkzeuge" zu benutzen, um an Nahrung zu kommen.
Natürlich keine coolen akkubetriebenen Multitools aus dem Baumarkt, sondern eher Steine und Hölzchen.
Die beiden Vögel, von denen ich heute erzählen werde, sind besagte Hugin und Munin, die Raben Odins.

Was zum Allvater, die beiden Lästermäuler ausgerechnet in den alten Baum, der eine Eiche oder doch eher eine betagte Kastanie sein muss, zur Zeit ist das Laub gefallen und ich kann es so nicht eindeutig bestimmen. Da ich Erzähler bin und kein Förster, getrieben hat, weiß niemand.

Was aber gewiss ist, die zwei Raben können wie viele Ihrer Artgenossen sprechen, ich glaube, die beiden tun es auf Isländisch, ich erkenne das nicht, weil ich ja die Untertitel eingeblendet bekomme, und die sind zu meinem Vorteil auf Deutsch.

2. Hugin und Munin

Die Villa der O´Sheas, da war ich kurz abgekommen, war nicht etwa das Erbe eines erfolgreichen Clanchefs, sondern das Universum hat dafür gesorgt, das dieser Ort entstanden ist und für die O´Shea´s ein Zuhause war.
Wie das ganze mit einem Lektor zusammenhängt, habe ich schon bei den wahren Abenteuern des Svenny O´Sheas 1-3 erzählt und seid gewiss, es ist haarsträubend und kompliziert.
Finden wir uns damit ab, dass unsereins auf einen öden vom Herbst und nahendem Winter, entlaubten Garten oder eher Park schauen, ohne Blütenpracht keine Blätter.
Alles verdorrt und im Winterschlaf.
Das Wetter ist nicht besser.

Der uralte Baum, direkt vor der Villa, überragt diese um einiges. Dessen knorrige Äste im Mondschein gruselige Bilder an die Wände der Kammern wirft, vor denen er steht. Dabei so manches Kind um den Schlaf gebracht hat, weil dieser Baum vor allem in der kalten Jahreszeit, wenn er keine Blätter mehr hat, zu leben anmutet.
Natürlich lebt dieser Baum. Nur im Winter

schläft er und bereitet sich darauf vor, im Frühjahr unendliche Energie aufzubringen, die seine Blätter wieder entfaltet, Knospen bildet und ihn immer weiter wachsen lässt. Im Winter aber, übernehmen andere Mächte diesen Corpus. Entspringend den Phantasien derjenigen, die ihn betrachten in seiner knorrigen Pracht. Derer die ihn hören, den Wind, der sich in den Zweigen fängt, in die Hohlräume des Stammes dringt und ihn zum Vibrieren zwing. Was dann wiederum Töne erzeugt, die je nach Windstärke und Richtung, dem Geheule von Wesen ähnelt, die niemals oder vor langer Zeit auf dieser Erde wandelten, als dieser Baum ein Bäumchen war, ein Steckling genau.
In diesem Holz gibt es anderes Leben, ein faules Eichhörnchen, das in der oberen Krone, eine Asthöhle bewohnt, in dieser Erzählung gar nicht weiter vorkommt, falls doch werdet ihr es dann merken.
Ab und an kommt ein Specht.
Dieser Geselle delektiert sich an den besten Bauminsekten und Würmern, die es im ganzen Universum gibt. Ich muss erwähnen, in dieser Villa, in einem Raum, an dessen Tür eine Plakette befestigt ist, auf der „Lektor, Der" steht, befindet sich das ganze Weltall, der größte Teil davon in einer Schreibtischplatte, die von sich selbst annimmt, einzigartig zu sein, was im gewissen Sinne zutrifft. Dann wären ein Igel und seine Gefährtin. Mit

2 stachligen Jungen, die unter dem Laub, das am Fuß des riesigen Baumes liegt, leben.
Sowie Hugin und Munin, die beiden Raben die öfters mal auf dem gigantischen Holzgewächs sitzen und die Gegend betrachten, den Menschen zuschauen und den ganzen Tag lästern.
Im Ort nennt man sie Waldorf und Statler, ja genau die Opas die bei den Muppets in der Loge sitzen.
Wie die Anwohner es schaffen, die beiden zu verstehen, ist ein anderes Thema, eins das ich nicht zu erzählen habe, aber so ist es eben.
Im Winter eher Vorwinter, wie im Moment, ist es nicht gemütlich in oder auf dem Baum.
Die Blätter, die sonst so guten Schutz geben, gegen Wind, Sturm und dem Regen, bieten der Igel Familie ein Zuhause. Trotzdem gibt es starke Äste, die den beiden Raben, die beste Aussicht und reichlich Schutz bieten und so sitzen sie heute wieder da.
Munin und Hugin gibt es seit der nordischen Mythologie. Was eine gute Spanne ist so 1300 bis 1500 vor Christus, der in diesem Buch vorkommen wird, wenn ich den Titel des Bandes interpretiere, aber garantieren kann ich jetzt nicht dafür.
Es ist ein Samstag und die beiden Lästerschnäbel sitzen auf ihrem Lieblingsplatz des Herbstes und Winters und beäugen herablassend, das Treiben in diesem so öden Park.
Vor dem Anwesen in der Parkstraße kontrol-

lieren die beiden Polizisten Arden und Gwen, einen Transporter. Der zuvor etwas beschwingt über das Kopfsteinpflaster geruckelt war und es dabei nicht schaffte, den Briefkasten der jeden Tag an der gleichen Stelle darauf warten geleert zu werden, für einen weiteren Tag an diesem Platz zu belassen.
Die Raben bekamen mit, dass der Lenker des Fuhrwerks, ein gewisser Aiden aus wer weiß woher, in ein Röhrchen gepustet hat.
Und Gwen der Ranghöhere der beiden Büttel anerkennend durch die Zähne, ein 2,1 Promille zischte. Worauf der Arden anmerkte, dass maximal 0,8 ‰ erlaubt sein und das man dem Aiden das Fahrzeug beschlagnahmt und diesen zu einem Bluttest in die Klinik verbringen würde.

Munin: „0,8 Promille, wie lange muss ich wohl trinken, bis ich 0,8 Promille habe?"
Hugin: „Erst mal 2 Tage lang gar nichts!"

Darauf folgt in der Regel ein gehässiges Gegacker und Schnabelklappern und genau so ist es aktuell.

Hugin: „Ich habe heute erst einen Alkohol test gemacht".
Munin: „Und ... was kam dabei raus?"
Hugin: „Ich vertrage alle gängigen Sorten."

Hugin: „Ich mag ja jüngere Frauen".
Munin: „Es gibt jakeine, die älter sind
        als Du".
Hugin: „ Ich fühle mich so alt".
Munin: „ Du kannst noch fühlen?"
Hugin: „ Ja eben springt man wie ein
        Junger Fisch durch die Diskothek
        und schon will jeden Tag ein anderer
        Körperteil zum Arzt.

Die Polizisten waren dabei, den Aiden in ihren Polizeiwagen zu verfrachten. Was nicht einfach ist, denn der Kerl war so was von breit, dass er nicht so bequem durch die hintere Türe passte. Außerdem bestand er darauf, dass er selbst in die Klinik fahren wollte und er fragte, ob er mal das Blaulicht einschalten dürfte. Ein Wunsch, der ihm vor Beenden der Aussprache abgeschlagen wurde. Auf der anderen Seite zog ein geplagtes Mütterlein, an der einen Hand, einen Hund hinter sich her, der anstatt zu laufen, lieber an jedem Scheißhaufen schnüffeln wollte. Weil dies die Parkstraße war und viele Hunde hier entlang kamen, die eine Nachricht in Form von Exkrementen oder Urin hinterließen, war an ein Vorankommen nicht zu denken. Und so zerrte die Dame, den Hund und an der anderen Hand ein quengelndes Kind, das dauernd plärrte,
„ich will einen Smoothie, ich will jetzt einen

Smoothie, sofort, kaufst Du mir einen Smoothie".

Hugin: „Was ist denn ein Smoothie?"
Munin: „Ein genialer Trick, den bescheuerten Menschen eine Banane für 2,99,- zu Verkaufen".
Hugin: „schau mal schau mal, da drüben, was ne geile Alte, man hat die Titten. Wohin schaust Du zuerst, wenn Du sowas Scharfes siehst".
Munin: „Ob meine Frau guggt!!!
Munin: „Meine Olle hat eh den geilsten Arsch der Welt".
Hugin: „Ja ... Dich!"

Die bedauernswerte Mutter war einige hundert Meter, eher so ein bis zwei davon, weiter gekommen. Was daran lag, dass in der Allee drei Bäume hintereinander gefällt worden waren, weshalb das Sniff-Mail aufkommen, der Hunde, zwischen den bestehenden Bäumen geringer war und Peppi, so heißt die Töle, doch flotter vorankam.
Auf der anderen Seite verhalf der Mutter die Tatsache, dass ihr etwas die Geduld ausging, mit dem nervigen Malte Torben und sich ihre Hand wahnsinnig schnell seiner Wange näherte, was eine vollendete Backpfeife wurde, dazu ein wenig Raum zu gewinnen.
„Malte Thorben, jetzt benimm Dich, ich muss zum Frauenarzt, das Du mir schön still dort

sitzen bleibst,"

Hugin: „Wie heißt der Lehrling vom Frauen-
        Arzt eigentlich?"
Munin: „Lippenstift"?!
Hugin: „Ach und der Azubi in der Parfüme
        rie ist dann ein Deostift".
Munin: „Kennst Du den Ötzi?"
Hugin: „Wen meinst Du, den Eingefrorenen
        den Sie da gefunden haben?"
Munin: „genau den, wusstest Du das er der
        beste Liebhaber auf der ganzen Welt
        ist?"
Hugin: „Hääää?"
Munin: „Na 200 Jahre in der Spalte gelegen
        und immer noch steif."

Was ein Gekreische und Gegacker, im Baum
hoch droben.
Am liebsten würden beide sich vor Vergnügen
auf die Schenkel schlagen, aber Sie haben ja
keine.
Die Mutter hatte es geschafft, in der Zwi-
schenzeit, weiteren Raum hinter sich zu bringen und Malte Torben sich zu Fall, und zwar
genau in eine Pfütze, bätsch.
Hugin: „Glaubst Du das die Menschen grundsätzlich gut oder böse sind?"
Munin: „Dumm, grundlegend blöd"

Ein unglaubliches Geplärre setzte in dem
Moment ein, indem Munin dem Hugin sagen

wollte „ Aus Kostengründen gibt es ab morgen nur noch selbstgedrehte".
Worauf der Hugin bestätigend mit dem Schnabel wackelte und sagte „ Ja das Rauchen ist teuer geworden".
Und der Munin erwiderte, „was ein Quatsch, ich rede von Pornos".
So beide vor Lachen von ihrem Ast fielen und gackernd auf dem Igelhaus landeten.
Malte Thorben spürte etwas von der extrem, schlechte Laune, die seine Mutter überkam. Allerweil Sie ihren Arzttermin garantiert verpassen würde, weil Peppi sich aus der Leine laviert hat und schnurstracks über die Straße rannte. Vor das Postauto, das zum Glück schon vor dem ehemaligen Briefkasten stand, Boonk direkt auf die Schädelhauptplatte, Bewusstsein verloren, ist besser als tot.
Die arme Frau kann man nur bedauern, aber wer nimmt schon Hund und das Blag mit zum Arztbesuch?

Munin: „ Oh da braut sich was zusammen".
Hugin: „ Was, …Bier?"
Munin: „ Nein was Böses"
Hugin: „ Alkoholfreies Getränk???"

Die gestrafte Frau eilt zu dem Peppi, nimmt diesen Hoch, „jetzt muss ich ihn tragen", beschwert Sie sich, „weil Du Dich nie benehmen kannst, er hätte tot sein können, Peppi Peppi, was machst Du denn?", der

Peppi war etwas abseits vom Guten aber auch vom Bösen.
Der Wind frischte auf und Hugin und Munin schwangen sich wieder auf in die Lüfte, um dann auf Ihrem Lieblingsplatz erneut zu landen und weiter die Gegend zu beobachten.
Der Wind brachte Papierfetzen mit sich, die er vor sich hertrieb, die sich aufschwangen in die Höhe.
 Einige blieben am Boden, verfingen sich in Hecken, bedeckten die Bordsteine und viele Benutzen den Wind, um sich einfach wie Laub im Herbstwind zu benehmen, ja denn es waren ja Blätter, wenn auch bedruckte.

Hugin: „Du riechst heute aber gut".
Munin: „Restalkohol"..."Sag mal, hast Du jemals einen Orgasmus vorgetäuscht?
Hugin: „Ach das ist doch für Anfänger, ich stell mich tot".
Munin: „ letzte Woche hatte ich ausgefallenen Sex, Montag ausgefallen, Dienstag ausgefallen, Mittwoch ausgefallen".

Und so, meine hoffentlich geneigten Leser, ging es weiter und so fort und die ganzen Wochen, Monate und Jahre davor schon.
 Ein flacher Gag nach dem anderen. Im öffentlich verächtlichen Fernsehen, würde am Ende eines jeden flauen Witz, ein Taaatuuf oder Bläh erschallen, begleitet mit Lachen von einem Retortenband.

Dem Anschein nach hat Odin von den beiden Lästermäulern genug oder er ist gestorben. Was für Unsterbliche eher unüblich ist, aber da deren Leben mehr auf Glauben basiert und man sich im Norden, meist dem Christen statt dem Heidentum zugewendet hat, frömmeln eben nicht mehr genug für den ollen Wotan.
Seine beiden Urur alten Raben, sprachen darüber kaum.
Es flogen einige Flache Gags hin und her, die ich dem treuen Leser hier erspare, und es gab endloses Geläster über diesen und jenen Passanten und der Wind schwoll derweilen zu einem Sturm an. Irgendwo musste ein Altpapier Container umgefallen sein, denn unentwegt wehte Papier in allen Formen die Parkstraße entlang und immer mehr davon verfingen sich in dem Baum oder landeten auf dem Giebel der alten Villa und blieben dort im Schneegitter, hängen.

Entwurf Hugin

3. Das erste Buch Mose (Genesis)
1 Die Schöpfung

Langsam leerte sich die Parkstraße und im Park selber, des Anwesens der O´Shea´s, wurde es beschaulich. Der Wind war zu heftig, so stark, dass Hugin und Munin, nicht mehr zurück in ihren Horst fliegen konnten. Beide hatten schon einige vergorene Beeren zu viel genossen und waren nicht in der besten Flugverfassung, außerdem gab der mächtige Baum ja reichlich Schutz. Gemütlich war es, so leicht bis stärker zugedröhnt lies sich alles aushalten. Die beiden waren gerne von zu Hause fort, die Rabenmütter daheim und die Rabenbrut waren zu anstrengend. Da Raben recht monogam leben und die Natur es so vorgesehen hat, das sie für immer zusammenbleiben, wechselten die Partnerinnen von Hugin und Munin nur alle 10 bis 15 Jahre. Was dann meist der Zeitpunkt war, für die beiden Raben, neben der Gespielin, den Standort zu wechseln, und zwar so weit, dass die vielen Rabenkinder, die sie zusammen mit der verblichenen Rabenmutter zeugten, sie nicht finden konnten.

Es gab einen Schlag, direkt auf den Ast, auf dem die beiden saßen.
Hugin konnte sich halten und die Erschütterung ausbalancieren.
Munin „ Ich bewundere Deine Gelassenheit".
Hugin erwiderte etwas, „das ist Desinteresse", worauf der zweite Rabe schaute, was das eben war. Er sah ein Buch, das sich verfangen hatte, direkt unter dem Ast in einem anderen kleineren Ast und er nahm den Wälzer in seinen Schnabel und zog ihn nach oben.
So einfach, wie ich es hier beschreibe, war es nicht, der Wind war immer noch ein Sturm, doch es gelang ihm und er schaute auf den Titel.
„Die Bibel, ausgerechnet dieses dumme Buch, muss hier herauf wehen, wieso nicht die Wikinger Sagen viel besser ein paar Hochglanz Hardcore Magazine oder den Playrave."
„Wegen dem Scheiß sind wir arbeitslos, bzw. Odin, dabei hatten wir über 1500 Jahre unseren Spaß, als die Raben des Nordgottes, bis dann dieser Rote Meerjogger, dieser Latschen tragende, Manna mümmelnder Jesus unser cooles Heidentum ablöste",
bemerkte Hugin verbittert.
Munin, „ schau mal, das ist aber das Alte Testament, da geht es um die ganzen Geschichten um diesen Jehova. Jehova, Jehova wie sich das schon anhört, oooh Jeeeeeeee

Hooovaaa, lasch keine Power wie die ganzen
Geschichten da drin."
„Du" wunderte sich Hugin,
„Kennst die Stories aus der Schwarte da"?

„Na klar, allerdings die echten, so wie es sich
zugetragen hat, Odin der ein Stückchen älter
ist, als dieser Jeeeeehoooova, hat sie uns doch
erzählt, als wir kleine Raben waren, die Eier-
schalen hinter den Ohren".
„Keine Ahnung, mir haben die Geschichten
von Walhalla, dem saufen, dem rauben, vor
allem dem Schänden und vergewaltigen
gefallen, von dem anderen Scheiß, ne ich
erinnere mich nicht".
„Dann werde ich Dir die Geschichte erzählen".
„Wie fängt man einen klugen Satz nur an?",
fragte der Hugin.
„Ich habe gesagt" „und nun merke auf".

So wie es Odin uns erzählt hat.

1. Am Anfang schuf Gott Himmel und Erde.
2. Und die Erde war wüst und leer, Finsternis lag da auf ihr und Gottes Geist schwebte über dem Wasser.

3. Und Gott sprach, es werde Licht, fand den Schalter nicht und das ward gut so, denn über dem Wasser oder gar da herinnen, wird ein elektrischer Schlag Dich besinnen.
So kam es, dass er den Notdienst rief, er tat es und sah, dass es gut ward, denn es ward Licht.

4. Und als Gott sah, wie gut das Licht ward, so schuf er die Energiekonzerne und kaufte sich die Aktien.
5. er nannte das Licht Tag und die Finsternis Nacht und so ward aus Abend und Morgen, der erste Tag.

6. Da sprach er erneut, es werde eine Feste. Keine Harte, aber feste zwischen den Wassern und er ward sich unsicher, was er meinte, mit der Festen die er so gerne wollte. Als das sie da scheide zwischen den Wassern und so nannte er es Land. Das schien eindeutiger.

7. So machte Gott das Land, das zuvor nur eine Feste ward, er schied das Wasser unter

der Feste von dem Wasser über der Feste.
Und es geschah so, aber er war verwirrt.

8. Und Gott nannte die Feste Himmel und da ward klar, er hatte hier schon nicht mehr alles im Griff. Da ward aus Abend und Morgen der zweite Tag.

9. Und Gott sprach: Es sammle sich das Wasser unter dem Himmel, an einem Ort das man das Trockne sehe. Und es geschah so, auch wenn niemand so recht begriff, was da geschah.

10. Und Gott nannte das trockene Erde und die Sammlung der Wasser nannte er Meer. Und Gott sah, dass es gut war.

11. Und Gott sprach, es lasse die Erde aufgehen Gras und Kraut, das Samen bringe und fruchtbare Bäume, die ein jeder nach seiner Art Früchte tragen, in denen ihr Same ist auf der Erden.
Natürlich sah er, dass es gut ward, doch es ward nicht gut, denn allerlei Scheiß wuchs dann. Wie Brenneseln, Giftefeu und hast Du nicht gesehen, wer braucht Disteln und all das, mit dem klaren Definieren hatte er, der Herr der Gott es nicht so. Aber er war ja leicht zufrieden, denn alles, was er schuf, sah er, dass es gut ward.
12. Und die Erde lies aufgehen Gras und

Kraut,
Und Gott probierte davon, drehte einen Joint und fand, dass es gut ward. Die anderen nach seiner Art, die Bäume, die da Früchte tragen, aus denen man allerlei zu brennen und zu keltern fand. Auf das nicht nur der Durst, sondern der Geist gestillt ward, jedes nach seiner Art und Gott sah, dass es gut ward.

13. Da ward aus Morgen und Abend der dritte Tag.
14. Und Gott sprach, es werden Lichter an der Feste des Himmels, die da scheiden Tag und Nacht und Siemens gewann die Ausschreibung vor Phillips und von an waren Sie Zeichen für Zeiten, Tage und Jahre.
Einen Kalender, daran dachte Gott damals nicht und er sah so, dass es gut ward.
15. und seien Lichter an der Feste des Himmels, dass sie scheinen auf die Erde. Und das geschah so.

16. Und Gott machte zwei große Lichter. Ein großes das den Tag regierte und ein kleines, das die Nacht bestimmte.
Auf das die Amerikaner später darauf landen würden, wenn sie es nur könnten, was aber dann so nicht geschah. Weswegen Gott danach Hollywood erschaffen hat. Dazu schuf er die Sterne.
17. Und Gott setzte sie an die Feste des Himmels, das sie schienen auf die Erde, wohin

sonst, denn außerdem ward dort ja nichts.

18. und den Tag und die Nacht regierten und schieden Licht und Finsternis. Und Gott sah, dass es wie immer gut ward.
19. Da ward aus Abend und Morgen, der vierte Tag.
20. Und Gott sprach: Es wimmle im Wasser von lebendigen Getier und Vögel sollen fliegen auf Erden unter der Feste des Himmels. Mühe mit dem Design und der Bestimmung hat Gott sich ja nicht gegeben. Das klingt für mich so nach, mach mal ... wird schon, kein Wunder, das mancher Scheiß bei der Schöpfung rauskam, Getier ja aber braucht es Haie oder giftiges Otterngezücht?

21. Und Gott schuf große Seeungeheuer, und alles Getier, das da lebt und webt oder klebt,

Jedes nach seiner Art und gefiederten Vögel, denn die mit Fell, flogen nicht so gut. Und Gott sah, dass es gut war.
So mancher sah das anders, vor allem die anderen.
22. Und Gott segnete sie und sprach, seid fruchtbar und mehret euch und erfüllet das Wasser im Meer und die Vögel sollen sich mehren auf Erden.

23. Da ward aus Morgen und Abend der fünfte

Tag.

24. Und Gott sprach, die Erde bringe hervor lebendiges Getier, ein jedes nach seiner Art, Vieh Gewürm und Tiere des Feldes, ein jedes nach seiner Art und es geschah so. Insekten hatte Gott ausdrücklich nicht erwähnt, nicht das Otterngezücht, das giftig über die Erde schlängelt und doch es ward so.

25. Und Gott machte die Tiere des Feldes, ein jedes nach seiner Art. Am besten gelang ihm das Schwein, das in seiner Schmackhaftigkeit überzeugte, aber auch das Rind es ward besonders, denn gelobet sei das Steak und egal ob roh, Medium oder blutig.

26. Und Gott sprach, lasset uns Menschen machen, (wen meinte Gott mit uns?, er war doch alleine, der Schöpfer, ein Bild, das uns (wieder uns) gleich sei!!
SO STEHT es geschrieben .... UNS, Gott war gar nicht einmalig, es gab da mehrere.

Hugin: „Na klar, schon mal von nur einem Gott gehört? Odin Gottvater, da gibt es einige andere."
Munin: „Selbst diese Pleite Griechen, der ganze Olymp voll mit Göttern, Zeus .... Das, was unser Odin ist, nur das Zeus mit Hera rummacht, das wäre ja gar kein Problem, aber Hera ist nicht nur die Gattin des Zeus, son-

dern seine Schwester.
Die Schutzgöttin über Sex und Ehe und Niederkunft, obskur, dieses Inzuchtgesocks".
„Hades, der Totengott".
„Poseidon, der Neptun für Arme, sein Palast steht ständig unter Wasser."

„Bitte erzähle weiter".

Und Gott sprach: Lasset uns Menschen, ein Bild, das uns gleich sei, die da herrschen über die Fische im Meer und die Vögel unter dem Himmel und das Vieh und die ganze Erde und das Gewürm, das da auf Erden kriecht.
Das Beste .... Und diesmal kein und Gott sah, dass es gut ward.

27. Gott schuf den Menschen zu seinem Bilde, zum Bilde Gottes .... klar wenn er es zu seinem Bilde schuf; und er schuf Sie als Mann und Frau.

Intermezzo: Ja so tat Gott. Aber Ihr meine geneigten Leser vorwiegend aus dem Germanischen, das schon bald von den grünen Khmer beherrscht sein sollte, wisst es besser und so füge ich an ....
Gott schuf nicht nur Mann und Frau er schuf unter anderem.

Siehe Auflistung:

Androgyner Mensch

- androgyn
- biegender
- weiblich
- Frau zu Mann (FzM)
- gender variabel
- genderqueer
- intersexuell (auch inter*)
- männlich
- Mann zu Frau (MzF)
- weder noch
- geschlechtslos
- nicht-binär
- weitere
- Pangender
- Pangeschlecht
- trans
- transweiblich
- transmännlich
- Transmann

- Transmensch
- Transfrau
- trans*
- trans*weiblich
- trans*männlich
- Trans*Mann
- Trans*Mensch
- Trans*Frau
- transfeminin
- Transgender
- transgender weiblich
- transgender männlich
- Transgender Mann
- Transgender Mensch
- Transgender Frau
- transmaskulin
- transsexuell
- weiblich-transsexuell
- männlich-transsexuell
- transsexueller Mann

- transsexuelle Person
- transsexuelle Frau
- Inter*
- Inter*weiblich
- Inter*männlich
- Inter*Mann
- Inter*Frau
- Inter*Mensch
- intergender
- intergeschlechtlich
- zweigeschlechtlich
- Zwitter
- Hermaphrodit

Two Spirit drittes Geschlecht (indianische Bezeichnung für zwei in einem Körper vereinte Seelen).

- Viertes Geschlecht
- XY-Frau

- Butch (maskuliner Typ in einer lesbischen Beziehung)
- Femme (femininer Typ in einer lesbischen Beziehung)
- Drag
- Transvestit
- Cross-Gender
-

Und er schuf die Grünen, was ihm bald missfiel und er sich bewusst ward, dass er doch nicht so unfehlbar sei.
Er sah die Claudia, die Rothe war. Und er erschrak, denn er wollte den Menschen erschaffen nach seinem Ebenbild, so war es sein Plan, nicht aber das und so.
Doch er erschuf die Linken, die gar nicht an ihn glaubten, sondern nur an Karl D Marx, „es wird das Proletariat ohne Kohle rabiat",
die Linken und da verlor er die Lust an der Schöpfung und dennoch ....

28. Und Gott segnete sie und sprach zu ihnen, Seid fruchtbar und mehret euch, aber passt auf, HIV und überhaupt, das sich mehren ist tückisch. Er sprach vor allem zu den Afrikanern, es sagte Kunta, bekommst Du eines

Deiner Kinder nicht satt, dann hat es wenig Sinn, 8 weitere zu produzieren, denn auch die werden hungern und weiterhin sprach er.

28b. Ich verstehe die Glut in den Lenden, darum sage ich Dir, das Weib ist nur an 3 Tagen fruchtbar, so hüte Dich,
denn dafür schuf ich den Pornofilm, die 0190 er Nummern und den Erotik Chat. Aber auch die Selbstbefleckung, schleudere Dein Ejakulat weise, niemals in den Schlund, an dessen Ende ein Uterus es aufnimmt und in nur 9 Monaten ein neues Leben, seinen Anfang findet.

Des Weiteren sprach er, füllet die Erde und machet sie euch Untertan und herrschet über die Fische im Meer und beachtet die Fangquoten. Nehmt kein zu feinmaschiges Netz und klaubt die Kleinsten aus, auf das ihr sie zurück ins Meer werfet.
Herrschet über die Vögel unter dem Himmel und findet ihr eine Ente, so bratet sie wie in Peking oder wenigstens süßsauer, denn so habe ich sie erschaffen. Den Hahn nennt bitte niemals Broiler, wenn er gegrillt, denn daran werdet ihr gemessen und man wird euch einen Ossi schimpfen.

Herrschet über alles Getier, das auf Erden kriecht, kreucht und fleucht und die Frau, wenn Sie ist feucht und denkt stets daran.

Wissen ist Macht, die niemals macht, was die Macht vermacht, es ist vollbracht, wenn ein Gott in die Menschheit maracht.
Nur wem bringt dies etwas?

29. Und Gott sprach, sehet da, ich habe euch gegeben alle Pflanzen, (danke für den Spinat, das viele Unkraut und anderes Gefräs), die Samen liefern, auf der ganzen Erde, und Bäume mit Früchten, die Saatkorn bringen, zu euerer Speise.
Ja oh Herr wir huldigen Dir, für das Obst, das wir brennen, das Getreide, dem wir Gleiches antun und sowieso, danke, das willst Du doch so hören, sagen wir es denn Du bist unser Gott.

30. Aber sämtlichen Tieren auf Erden und allen Vögeln unter dem Himmel und dem Gewürm, das auf Erden lebt, habe ich alles grüne Kraut (ohaaa, da muss man doch gleich mal recherchieren, was er meint, der Herr ...) zur Nahrung gegeben.
Und es geschah so.

31. Und Gott sah, an alles, was er gemacht hatte, und siehe .... Welch ein Wunder es ward gut.
Da ward aus Abend und Morgen der sechste Tag.

32. So wurde vollendet am siebenten Tage

seine Werke, die er machte, und er ruhte am siebenten Tage von all seinen Werken, die er gemacht hatte.
Ja was denn? Im Meer nix fertig, Seeungeheuer, na klasse, ansonsten der Mensch nach seinem Ebenbild, dem Moses, hat er aber auf die Steintafeln kritzeln lassen, dass man genau das nicht soll, Bildnisse von ihm, erstellen.
„Das Ganze wirkt nicht rund", sprach der Hugin zum Munin, der ihm nicht widersprach.

33. Und Gott segnete den siebten Tag und heiligte ihn, weil er an ihm ruhte und von allen seinen Werken, die Gott geschaffen und gemacht hatte.

Ja, für einen Gott, icke sach ma, wäre ich einer, ich hätte mein Ansinnen kurz formuliert ... Erde, Himmel ... auf der Erde, Land und Meer, Viehzeug, Otterngezücht und Feldgeschmeiß auf der Festen, Vögel auf der anderen Festen, Insekten Mumpitz und den Menschen .
Egal Gott segnete diesen siebenten Tag und heiligte ihn, wer möchte da widersprechen, denn dieser Tag ist der Kalendertag, an dem wir FREI haben ... Sonntag.
Komisch bei den Alten Testament Gläubigen ist es der Sabbat. Der Samstag, alleine daran sieht man doch wie falsch Michel Friedman

und die Knobloch, mit ihrem freien Tag
liegen, denn der 7 Tag, ist ein Sonntag, gut
vielleicht war es Samstag, als Gott damit
anfing, zu schöpfen.

1. Montag, 2 Dienstag, 3 Mittwoch, 4 Donnerstag, 5 Freitag, 6 Samstag und ..... 7 ter TAG ...
Sonntag!!!!
Tut mir leid Ihr alttestamentarischen Gläubigen, da wird die Thora nix nützen ... Autsch
Der siebte Tag ist FREI ..... das ist Sonntag
nicht Samstag der Sabbat,

Stand 2018 leben weltweit etwa 14,6
Millionen Juden, was rund 0,19 % der Weltbevölkerung entspricht, die meisten in Israel
und in den Vereinigten Staaten. Andere
Schätzungen sprechen von etwa 15 Millionen
Menschen auf der ganzen Welt.
Nicht viele, weltweit. Na, was soll es, wir
freuen uns ja über jeden, die Juden hatten es
ja nicht leicht, was später in anderen
testamentarischen Überlieferungen erst aufgezeichnet war, der Auszug aus Ägypten ...
Moses der ganze Schmokes .... bleibt wach,
seid stark. Ich bin es.

34. Dies ist die Geschichte vom Himmel und
Erde, da sie geschaffen wurde.
Der Garten Eden
Es war zu der Zeit, da Gott der HEER nein
Herr, Himmel und Erde machte ....

Ja die meisten glauben ja an den URKNALL, the Big Bang Bang.

35. Und alle Sträucher auf dem Felde waren noch nicht auf Erden, und all das Kraut auf dem Felde war nicht gewachsen, ebenso das Gestängel unter den Natriumdampflampen, welches für 4000,- / Kilo Hosianna verheißen wird, aber mindestens gut tut .

36. aber ein Strom stieg aus der Erde empor und tränkte das ganze Land.

Hier unterbrach der Hugin den Munin.
„Ein Strom stieg auf und wässerte das ganze Land, was soll denn der Blödsinn".
„Ja, die Bibel halt, da dreht es sich nicht um Fakten, es geht in dem Buch auch nicht um Wissen, sondern Glauben reicht völlig" entgegnete der Munin.
„Gut ein Fluss stieg auf, der das ganze Land tränkte, der war aber breit"
„Wie Du eben ... ich erzähle weiter".

37. Da machte Gott der HERR den Menschen aus Staub von der Erde und schuf die Creme und Pasten Industrie, auf das die staubgemachte Haut, schön gesund glänzte. Und dann blies er ihm den Odem des Lebens in die Nase. Und so ward der Mensch ein lebendiges Wesen.

Hugin: „Wenn man dann bedenkt, wie die Menschen sich heuer für neues Leben Plagen müssen" das ganze Geficke, die Pornoindustrie mag ich ja, aber als Rabe erfreut es mich, dass meine Alte das Ei legt, und die Mühe des Befruchtens ist nicht so hart."
„Pscht, es geht weiter".

38. Und Gott der Herr pflanzte einen Garten in Eden gegen Osten hin und setzte den Menschen hinein, den er gemacht hatte. Ja aus Staub und Dreck und dann konnte der Mensch nicht mal alleine hineinlaufen, wurde hineingesetzt, nicht mal gefragt deswegen Reich Gottes, nicht Gottes Demokratie.

39 Und Gott der Herr, lies aufwachsen, aus der Erde allerlei Bäume, verlockend anzusehen und gut zu essen, und den Baum des Lebens mitten im Garten und den Baum der Erkenntnis des Guten und Bösen. Ja, das war dann der erste Fehler des Allmächtigen, falls man das Ganze bis hierhin unbedingt glauben will.

40. Und es geht aus, von Eden ein Strom den Garten zu bewässern, und teilt sich von da in vier Hauptarme.

41. Der Erste heißt Pischon, der fließt um das ganze Land Hawila und dort findet man Gold.

42. Und das Gold des Landes ist kostbar, auch findet man da Bedolachharz, was eine nette Umschreibung für Marihuana sein wird, denn ich muss von dem Zeug, das wahrlich harzig ist ebenfalls lachen. Es lebe Bedo und das Lachharz, ich tippe auf das heutige Afghanistan, da wächst das.

43. Der zweite Strom heißt Gihon, der fliest um das ganze Land Kusch

44. Der dritte Strom heißt Tigris, der fließt östlich von Assyrien.
Der vierte Strom ist der Euphrat.

Aber wo ist der Rhein, die Ems und die Weser, Donau den Mekong und der Nil. Wer kennt heute den Gihon? Kusch das Land muss Deutschland sein, da kuschen alle vor einer mit 15% gewählten Minderheit und einem kriminellen Bundeskanzler.

45. Und Gott der Herr nahm den Menschen und setzte ihn in den Garten Eden, das er ihn bebaute und bewahrte.

Sicherheitshalber setzte Gott den Menschen, den er bald Adam nennen würde, zum zweiten Mal in das schöne Eden, vielleicht hätte er dazu ein Häuschen bauen sollen. Aber sicher hatte dieser Himmelsfürst Spaß, am Beobachten nackter Geschöpfe. Ein großes Terrarium.

46. Und Gott der Herr gebot dem Menschen und sprach. Du darfst essen von allen Bäumen im Garten, baue Dir eine Leiter, aber keine Elektrische, denn ich brauche den Strom.

47. Aber vom Baum der Erkenntnis des Guten und des Bösen sollst Du nicht essen, denn an dem Tage, da Du davon isst, musst du des Todes sterben.

Ja, da Gott den Menschen ja nach seinem Ebenbild formte, hätte er leise ahnen können, das der Homer nicht besser ist. Man sagt ja, wie der Herr so s´Gschärr, von daher finde ich es entweder mutig von Gott, eher saudumm oder von vorneherein fies. Einen edlen Charakter bescheinige ich dem Schöpfer nicht.

48.   Und Gott der Herr sprach, es ist nicht gut, dass der Mensch alleine sei, ich will ihm eine Hilfe machen, die ihm entspricht.

Hier an dieser Stelle erfahren wir eindeutig und unmissverständlich, dass die Frau, sich emanzipieren kann, wie sie will. Bis zum letzten BH, den sie verbrennt, am besten, wenn sie ihn vorher auszog.
Da steht:
 Einzig als Hilfe für den Man gedacht ist, da findet sich kein Wort davon, das man die Frau via Quote ins Management hieven oder I

bewahre als politische Führungsperson einzusetzen habe. Was nach heutiger Erkenntnis extrem weise vom Herrn, diesem Gott war, und man hätte darauf hören sollen. Zumindest in Deutschland, das in der Schöpfungsgeschichte gar nicht vorkommt oder Europa mussten die Bürger weibliche Regierung, eher fürchten.

49. Und Gott der HERR machte aus Erde alle die Tiere auf dem Felde und alle Vögel unter dem Himmel und brachte sie zu dem Menschen, das er sähe, wie er sie nannte, denn wie der Mensch jedes Tier nennen würde, so sollte es heißen.

Später vermehrten sich die Tiere und der Mensch dann herkömmlich, zum Glück. Das machte mehr Spaß, als dieses Formen aus Dreck. Althergebracht im biologischen Sinne, das volle Programm, Morgenlatte vs. Kopfschmerz, rummaulen Gnadenfick, Samen schwimmt gegen Millionen andere an, einer gewinnt und wenn man sich Peter Altmaier ansieht oder 90% im Bundestag, fragt man sich, gegen welche müde Truppe, die in ihren allerjüngsten Tagen angeschwommen sind.

50. Und der Mensch gab einem jeden Vieh und Vogel unter dem Himmel und Tier einen Namen aber für den Menschen wurde keine

Hilfe gefunden, die ihm entsprach.

In einigen Kulturen behilft man sich da gerne mal im Tierreich, wie heute, den der Herr hat es gegeben, was er Samenstau rief und er sah, dass es gut ward.

51. Da ließ Gott der Herr einen tiefen Schlaf fallen auf den Menschen und er schlief ein. Und er nahm eine seiner Rippen und schloss die Stelle mit Fleisch.

Bis heute funktioniert, dass mit dem in Schlaf fallen einwandfrei, besonders gut sonntags, wenn man eine dieser Veranstaltungen besucht, auf der man dann 2 Stunden nichts Besseres hört, das man in Sünde lebt, alles falsch macht und ins Fegefeuer kommt. Dafür arbeitet man dann die anderen Tage und am einzigen Tag, an dem man mal ausschlafen könnte, muss man wieder früh aufstehen, um sich das anzuhören. Aber genau da funktioniert es dann, das Wunder des tiefen Schlafes, 10 Minuten, nachdem der Pfaffe seine Litanei monoton über den Gläubigen ausschüttet, gehen die Lieder schwer wie Blei, der Schwerkraft folgend nach unten.

52. Und Gott der Herr baute eine Frau aus der Rippe, die er vom Menschen nahm, und brachte sie zu ihm.

Heutzutage hat die Industrie bessere Möglichkeiten.
Waren die ersten Frauen billig anzusehen und aufblasbar gibt es jetzt die fast Lebensechten Living Dolls, aus Latex, feinstem Naturkautschuk mit Stufenloser, elektronisch gesteuerten Vagina. (Anmerkung: Wenn eine dieser eben genannten Versionen, ihnen ins Gesicht spuckt, ist sie voll und sollte umgehend gereinigt werden)

53. Da sprach der Mensch: Die ist nun Bein von meinem Bein und Fleisch von meinem Fleisch; man wird sie Männin nennen, weil Sie vom Manne genommen ist.
Ja der letzte Satz hat mir jetzt am besten Gefallen und in der Realität, sitzen im Bundestag so diverse Krampen die Karren bauen. Aber auch auf manchem kühnen Ast, schwingt ein gar hässlicher Affe und überhaupt wäre Augenweide nicht das Wort der Wahl.
Die Bibel ist gegendert, das wird Wasser auf die Mühlen schwemmen, hoffentlich liest das nicht die Außenministerin der femininen Politik. Männin, welcher Tobel hat das Wort Frau erfunden?

54. Darum wird ein Mann seinen Vater und seine Mutter verlassen und seiner Frau anhingen und sie werden sein ein Fleisch.

Schön könnte ein Jurist gemeißelt haben, ich habe kein Wort verstanden, nicht wichtig.

55. Und beide waren nackt, der Mensch und seine Frau schämten sich nicht.

Das Ganze kann man auf den FKK-Badestränden, auf Rügen beobachten. Auch wenn Gott keine Amazone aus dem Stuhlgang des Menschen geformt hat, ist ja nichts zum Anziehen da, weil ja niemand da ist der etwas produziert.
Mann hätte damals schon wissen müssen, dass man beim Universum bestellen kann.
Alles in allem ist die Ausführung der Schöpfung, eher frei von jeglichem Service der HERR macht es sich da zu leicht.

Entwurf des Garteneden

4. Der Sündenfall 3 Kapitel

1 Und die Schlange war listiger als alle Tiere auf dem Felde, die Gott der HERR gemacht hatte, und sprach zu der Frau: Ja, sollte Gott gesagt haben: Ihr sollt nicht essen von allen Bäumen im Garten?

Es muss gutes Kraut gewachsen sein, im Garten Eden, ob die beiden schon das Feuer entdeckt hatten um die Pflanzen zu Rauchen wir wissen es nicht. In den Bächen floss Milch und Honig und da löst sich das THC recht leidlich darin, vielleicht gab es schon schwarze Pilze unter den Kuhfladen, anders kann ich mir die sprechende Schlange nicht erklären.

2 Da sprach die Frau zu der Schlange: Wir essen von den Früchten der Bäume im Garten;

3 aber von den Früchten des Baumes mitten im Garten hat Gott gesagt:

 Esset nicht davon, rühret sie auch nicht an, dass ihr nicht sterbet!

 Warum Gott aber diesen Baum dann dahingestellt hat, weiß der Zaark, ich glaube, der hatte nie vor den Menschen einen Garten Eden zu geben, ganz mieser Charakter.

4 Da sprach die Schlange zur Frau: Ihr werdet keineswegs des Todes sterben,

5 sondern Gott weiß: An dem Tage, da ihr davon esst, werden eure Augen aufgetan, und ihr werdet sein wie Gott und wissen, was gut und böse ist.

Das find ich niedlich, ihr werdet sein wie GOTT, dass bedeutet ihr wisst, was gut und böse ist. Die Wahrheit und nichts ist in der Religion schlimmer, als Menschen die WISSEN wollen statt zu GLAUBEN. Erinnert an die heute Politik, Krankheitserreger den Unsinn mit dem CO_2, vermutet den Klimawandel und vor allem an böse Erreger und wie sicher eine Spritze, dann zwei, drei und vier, euch vor diesen Viren schützen. Fragt nicht, bloß keine Fakten, nur blind alles befolgen.

6 Und die Frau sah, dass von dem Baum gut zu essen wäre und dass er eine Lust für die Augen wäre und verlockend, weil er klug machte. Und sie nahm von seiner Frucht und aß und gab ihrem Mann, der bei ihr war, davon und er aß.

7 Da wurden ihnen beiden die Augen aufgetan und sie wurden gewahr, dass sie nackt waren, und flochten Feigenblätter zusammen und machten sich Schurze.

Das Schneiderhandwerk ward geboren,

machte Sinn, denn selbst im Garten Eden, gab es ja Jahreszeiten und kalt kann nicht gut sein, für den Körper, gemacht aus Dreck und den anderen, der eine Rippe ward.

8 Und sie hörten Gott den HERRN, wie er im Garten ging, als der Tag kühl geworden war. Und Adam versteckte sich mit seiner Frau vor dem Angesicht Gottes des HERRN zwischen den Bäumen im Garten.

Der Sadist, sicher in einem dicken Umhang. Adam und Eve aber sollten nackig in der Kälte darben, wer weiß wollte er steife Nippel sehen? Gab es etwas anderes, das ihn trieb? Den beiden keine Kleidung zu gönnen, ich glaube langsam, der HERR hat sich einfach ein Big Brother Konzept geschustert, nackt überleben so in der Art, läuft auf RTL 2, glaube ich.

9 Und Gott der HERR rief Adam und sprach zu ihm: Wo bist du?

Allmächtig und findet nicht mal einen nackten Mann.

10 Und er sprach: Ich hörte dich im Garten und fürchtete mich; denn ich bin bar, darum versteckte ich mich.

Das nenne ich Umgangsformen, war er denn bloß, der Herr oder wir wissen es nicht.

11 Und er sprach: Wer hat dir gesagt, dass du

nackt bist? Hast du gegessen von dem Baum, von dem ich dir gebot, du solltest nicht davon essen?

12 Da sprach Adam: Die Frau, die du mir zugesellt hast, gab mir von dem Baum und ich aß.

13 Da sprach Gott der HERR zur Frau: Warum hast du das getan? Die Frau sprach: Die Schlange betrog mich, sodass ich aß.

Ja hin und her, Adam der eben noch bekifft oder anders stoned unter seiner Palme chillte und sich völlig klasse fühlte, nimmt den Scheiß Apfel und schon geht das Drama los. Er schiebt es auf das Weib, die wiederum sieht gar nix ein, beschuldigt das imaginäre Reptil, klasse was ein Wochenende im Paradis. Die Schlange war es, die Schlange, heute ist es der Russe oder Putin.

14 Da sprach Gott der HERR zu dem Kriechtier: Weil du das getan hast, seist du verflucht vor allem Vieh und allen Tieren auf dem Felde. Auf deinem Bauche sollst du kriechen und Staub fressen dein Leben lang.

Antwortete die Schlange, „danke Oh Herr das ihr mich verschont, das tat ich vorher schon. Da ihr mir in eurer grenzenlosen Weisheit ohnehin keine Füße gegeben habt."

15 Und ich will Feindschaft setzen inmitten Dir und der Frau und zwischen deinem

Samen und ihrem Samen; er wird dir den Kopf zertreten, und du wirst ihn in die Ferse stechen.

Ja stechen, mit was denn? Gott verwechselt Schlangen schon mit den Wespen, aber wahrscheinlich hatte er gar keine Ahnung. Er überlies, die Schöpfung quasi sich selbst, macht mal, der Mensch sollte die Kreaturen dann benennen, komplett keinen Plan von der eigenen Kreation. Dieser Samen und der andere Sperm, als Gott das sprach, muss er müde gewesen sein. Ich verstehe den Sinn nicht, außer das mit der Feindschaft, zwischen Mann und Frau, heute spricht man von einer Beziehung.

16 Und zur Frau sprach er: Ich will dir Mühsal schaffen, wenn du schwanger wirst; unter Mühen sollst du Kinder gebären. Und dein Verlangen soll nach deinem Mann sein, aber er soll dein Herr sein.

Gute Idee, warum dann Buddhistische und Hinduistische und und die Heidenweiber, alle 4 Wochen die Indianer im Zelt haben, sich die Seele aus dem Laib schreien, wenn der Riesenschädel sich durch den Muttermund nach draußen drückt?

In allen bekannten Religionen und Lehren wie dem Buddhismus, kommt die Frau schlecht weg. Die grünen Khmer haben sicher feministisch politische Erklärungen dafür. Deswegen wird jetzt auf alte weiße Männer geschaut, der Spieß dreht anders herum.

17 Und zum Mann sprach er: Weil du gehorcht hast der Stimme deiner Frau und gegessen von dem Baum, von dem ich dir gebot und sprach: Du sollst nicht davon essen. –, verflucht sei der Acker um deinetwillen! Mit Mühsal sollst du dich von ihm nähren dein Leben lang.

Dann gründete der Oh-Herr in seiner Weisheit den Mutterkonzern Monsanto, kaufte die Aktien und erfreute sich an dem Markt für Dünger, den er eben erschloss.

Ansonsten gibt sich Gott recht zickig und biestig, wie ein Kind, dessen Willen nicht erfüllt wurde. Er erschuf Adam doch nach seinem Ebenbild, ER wusste, das Verbote ein Magnet sind, für Zuwiderhandlungen. Ich glaube, es war Absicht. Er hatte nie vor, den Menschen ein Paradis zu schenken. Wenn man in der Bibel weiter liest, hat es den Eindruck, dass unser Herr ziemlich mies mit der Menschheit umgeht. Im Grunde Mord und Totschlag, aber dazu komme ich noch.

18 Dornen und Disteln soll er dir tragen, und du sollst das Kraut auf dem Felde essen.

Zum Glück gab es ja das Schwein, das Rind

und anderes Getier, das die beiden Paradis vertriebenen sich in den Körper drücken konnten. Heute gibt es die Industrie, die neben Kraut und Disteln, so allerlei in die Packungen entsorgen, die wir dann aus dem Discounter ziehen. Nahrung kommt von, wenn man den Fraß nahe vor sich stehen hat, muss man ringen, um es runter zu würgen.

19 Im Schweiße deines Angesichts sollst du dein Brot essen, bis du wieder zu Erde wirst, davon du genommen bist. Denn Staub bist du und zum Staub kehrst du zurück.

Gut neben dem Staub, gab es Blut, Sekrete und DNA und allerlei mehr. Das Brot im Schweiße seines Angesichts, umging der Adam einfach, indem er das Chili und die anderen scharfen Gewürze weg lies. Neben vermindertem Schweißfluss schonte es den Magen.

20 Und Adam nannte seine Frau Eva; denn sie wurde die Mutter aller, die da leben.

Was ja außer den beiden niemand weiteres war, es sei denn der HERR meinte, Eva ist die Mutter alles Lebendigen. Was den Hang einiger Menschen zur Sodomie erklären würde.

Absurd.

21Und Gott der HERR machte Adam und seiner Frau Röcke von Fellen und zog sie ihnen an.

Gleich von Anfang an, eine schicke Garderobe für beide bereitgestellt, was wäre da Ärger und Frust erspart geblieben. Der Herr ist lernfähig. Was man in späteren Stellen der Bibel, nicht mehr behaupten kann.

22 Und Gott der HERR sprach: Siehe, der Mensch ist geworden wie unsereiner und weiß, was gut und böse ist. Nun aber, dass er nur nicht ausstrecke seine Hand und nehme auch von dem Baum des Lebens und esse und lebe ewiglich!

Der Mensch ist selber Gott?

Ja, da fühlen sich einige so, vor allem ReGIE-Rige, aber auch so mancher andere selbstgerechte Schmock.

Trotzdem etwas verallgemeinert. Personen wie Georg Soros, Gates und dieser Philanthropen Schmonzes rund um das WEF von Klaus Schwab, müssen diese Aussage zu wörtlich genommen haben. Außer zu wissen was Gut ist, die können **nur** Böse.

23 Da wies ihn Gott der HERR aus dem Garten Eden, dass er die Erde bebaute, von

der er genommen war.

 Wie gewonnen so zerronnen, aber die beiden Armen, hatten ja nicht mal Zeit sich an diesen ominösen Garten zu gewöhnen. Tja Gott .... wer pflegt denn nun? Ich glaube Jesus oder Deine Engel, die haben da keinen Ehrgeiz.
24 Und er trieb den Menschen hinaus und ließ lagern vor dem Garten Eden die Cherubim mit dem flammenden, blitzenden Schwert, zu bewachen den Weg zu dem Baum des Lebens.

Eden, wo Milch und Honig fließt.

Moment ... Moooment. Vor genau 7 Tagen gab es gar nichts. Darauf hin sah Gott oft, dass es gut ward, und erschuf er den Menschen. Was und wer sind Cherubim? Woher kommen die?

 Eva die Rippe Adams, die Cherubim dann das Sackhaar oder irgendein Knorpel des HERRN selber? Sind es Engel? Im Gesamten konfus, dieser Teil. Alles wenig glaubwürdig, aber das 3 Kapitel, der Sündenfall endet hier schon. Na ja, im Kino würde diese Story durchfallen, als Buch hat es das Machwerk geschafft, aber ganz sicher 99,7% der Käufer haben den Wälzer geschenkt bekommen, gelesen hat ihn eher keiner.

5 Kains Brudermord
4 Kapitel Buch Mose

Inzwischen ist es dunkel geworden, auf dem Baum. Vor der Villa sitzen noch immer die zwei Raben Odins und überwachen alles. Munin liest aus den herüberwehenden Fetzen der Bibel vor und beide beobachten, das Geschehen im Park.

Welches nahezu nicht mehr vorhanden ist, denn es ist schon spät geworden und auf der Parkstraße ist nichts zu sehen.

Munin der Erzähler und Hugin mit seinen Kommentaren, ein Heidenspaß und ja fürwahr Heiden sind die beiden Vögel, die des Odins.

In der Villa passiert nichts Besonderes und Hugin und Munin? Ja sie diskutieren extrem wild über die Schöpfung.

Hugin: „Ich fasse es mal zusammen, da ward Adam, dann Eva die Rippe, sie gebar Kain und Abel und Kain und Abel haben geheiratet, verdammt noch mal, wen haben die geehelicht, wo kamen diese beiden Schlampen denn her?"

Munin: „Na eine war wieder schnell frei, Abels Frau".

Hugin: „Wo bei Odin kamen die denn her?"

Munin: „Na Adam hatte ja noch mehr Rippen,

würde auch erklären, warum die ersten Menschen nicht aufrecht laufen konnten."

Hugin: „Schau mal, was da angeflattert kommt, ein paar neue Seiten, da steht es ja, lies vor" ...

1 Und Adam erkannte seine Frau Eva, und sie ward schwanger und gebar den Kain und sprach: Ich habe einen Mann gewonnen mithilfe des HERRN.

2 Danach gebar sie Abel, seinen Bruder. Und Abel wurde ein Schäfer, Kain wurde ein Ackermann.

3 Es begab sich aber nach etlicher Zeit, dass Kain dem HERRN Opfer brachte von den Früchten des Feldes.

4 Und auch Abel brachte von den Erstlingen seiner Herde und von ihrem Fett. Und der HERR sah gnädig an Abel und sein Opfer,

5 aber Kain und sein Opfer sah er nicht gnädig an. Da ergrimmte Kain sehr und senkte finster seinen Blick.

Bis hierher ja alles nett, Eva bekommt 2 Söhne, einer gleich mal Schäfer, der andere Bauer. Keine Kindheit, nichts, aber die Zeit in der Schöpfungsgeschichte ist ja knapp. Ja und wenn eine Story schon recht dünn ist, bloß nicht in die

Länge ziehen, die Bibel ist trotzdem dick genug.

Aber das ärgert mich wieder, Pflanzen als Preisgabe sind dem feinen HERRN nicht gut genug.

Nein es muss Schmerzen haben, bluten beim Opfern, Fleisch, Leiden das ganze Programm, da vergeht einem doch jede Gläubigkeit. Abgesehen davon das ich ohnehin lieber wissen will, statt nur zu glauben.

Der HERR ist HERRablassend HERRzlos, HERRisch und eine Arroganz legt der an den Tag, dass ich mich frage, ist der Papst doch Gottes Vertreter auf ERDEN, was ich bis dato als Anmaßung empfunden habe, diesen Titel.

6 Da sprach der HERR zu Kain: Warum ergrimmst du? Und warum senkst du deinen Blick?

7 Ist's nicht so: Wenn du fromm bist, so kannst du frei den Blick erheben. Bist du aber nicht fromm, so lauert die Sünde vor der Tür, und nach dir hat sie Verlangen; du aber herrsche über sie.

8 Da sprach Kain zu seinem Bruder Abel: Lass uns aufs Feld gehen! Und es begab sich, als sie auf dem Felde waren, erhob sich Kain wider seinen Bruder Abel und schlug ihn tot.

Ja da haben wir ihn, den ersten Toten und

gleich der Bruder und was war das Motiv? Kain opfert seinen mühsam angebauten Sellerie, Spinat und einen Maiskolben und Gott pfiff drauf, er ist ja kein Vegetarier, was ich absolut nachvollziehen kann.

Ich verstehe Gott ja schon ein bisschen, Gemüse ist halt nicht der Mercedes in der kulinarischen Küche und ein Fleischopfer, ja wer zwischen einem Salat und einem Schnitzel mit Pommes wählen kann.

Trotzdem undankbar, dem einen sein Opfer dufte zu finden, das zu sagen und der andere, steht da wie ein Depp. Ich meine als Allmächtiger, da kann der Mensch doch ein bisschen Feingefühl erwarten, wohl nicht.

Eine Führungskraft ist dieser HERR nicht, als Vater untragbar.

Es bleibt kompliziert und für mich offenbart Gott seinen Charakter, seinen zweifelhaften mehr und mehr.

9 Da sprach der HERR zu Kain: Wo ist dein Bruder Abel? Er sprach: Ich weiß nicht; soll ich meines Bruders Hüter sein?

Diese Scheinheiligkeit, na klar weiß der Allmächtige, wo Abel ist, aber interessant Kain der Bauer, als Hüter, wie sein erschlagener Bruder der Schafe hütete, sehe ich da eine Metapher? Nein!

10 Er aber sprach: Was hast du getan? Die Stimme des Blutes deines Bruders schreit zu mir von der Erde. Und: Verflucht seist du auf der

Erde, die ihr Maul hat aufgetan und deines Bruders Blut von deinen Händen empfangen.

12 Wenn du den Acker bebauen wirst, soll er dir hinfort seinen Ertrag nicht geben. Unstet und flüchtig sollst du sein auf Erden.

Drohen, einschüchtern und Schuld sind immer die anderen, ja genau das ist Macht. Heute im Bundestag nicht besser, die ReGIERung kann nix, weiß nichts, braucht Berater, aber die anderen, die sind schuld. Die muss man für die eigene Unfähigkeit strafen. Religion und Politik, das nimmt sich gar nichts.

13 Kain aber sprach zu dem HERRN: Meine Strafe ist zu schwer, als dass ich sie tragen könnte.

14 Siehe, du treibst mich heute vom Acker, und ich muss mich vor deinem Angesicht verbergen und muss unstet und flüchtig sein auf Erden. So wird mir's gehen, dass mich totschlägt, wer mich findet.

WER, soll Kain denn finden, Papa Adam oder Eva? Auch heute lieben Eltern ihre Saat, egal was Malte Thorben anstellt, es ist ihr Bengel. Wovor hat Kain Angst? Vor wem? Wer ist zu diesem Zeitpunkt den überhaupt auf der Welt?

Selten so einen schlechten Roman gelesen, von vorne bis hinten, da stimmt nix.

15 Aber der HERR sprach zu ihm: Nein, sondern wer Kain totschlägt, das soll siebenfältig gerächt werden. Und der HERR machte ein Zei-

chen an Kain, dass ihn niemand erschlüge, der ihn fände.

Einfältig, das Wort kann man googeln, es bedeutet arglos ohne Argwohn, aber siebenfältig? Mal nebenbei, angenommen da landen Aliens und einer schlägt Kain tot, dann lebt er eben nicht mehr, soll der Dreizehen Ukapode Kain wieder beleben und noch mal totschlagen, wiederbeleben und so weiter 7-mal? Schöne Rache HERR, den die Christen da so anhimmeln.

16 So ging Kain hinweg von dem Angesicht des HERRN und wohnte im Lande Nod, jenseits von Eden, gegen Osten.

Ok, der primäre Ossi oder ist es ein Hinweis auf den ersten Sozialisten? Völliger Blödsinn, denn Kain hatte ja nicht mal mehr einen Bruder, und um Links zu sein, braucht es einen Rechten, den hat er ja totgeschlagen. Oder, Vater und Mutter Adam und Eva sind die Konservativen, also Rechten und ER?

Warten wir mal ab, wie sich diese ermüdende, wenig überzeugende Story weiter entwickelt.

6. Kains Nachkommen

17 Und Kain erkannte seine Frau; die ward schwanger und gebar den Henoch. Und er baute eine Stadt, die nannte er nach seines Sohnes Namen Henoch.

Ja zum Henoch, ich erkenne meine Frau, meistens erst am nächsten Morgen. Drei Kaffe sind hilfreich, eine ganze STADT zu bauen, nur für einen Racker, starke Leistung, eines Brudermörders.

Woher kommt die Frau? Ab wie vielen Einwohnern redet man von einer Stadt? Bisher wird nur von Adam, Eva und dem Nachwuchs geredet, der sich halbiert hat. Ist Kain eingenickt und ihm wurde wieder eine Rippe entfernt.

Wieso haben Frauen wie Männer 12 Rippenpaare?

18 Dem Henoch aber wurde Irad geboren, Irad zeugte Mehujaël, Mehujaël zeugte Metuschaël, Metuschaël zeugte Lamech.

Ich frage mich mit wem?? Mit wem zeugte Mehujael , den Metuschaël und so weiter? Da müsste doch erst mal jedem Mann eine Rippe fehlen .

Gut, langsam fängt mir Eva als einzige Weibliche an leidzutun, so richtig. Aber gleichzeitig frage ich mich, ob diese Inzucht, zu etwas Positiven führt.

19 Lamech aber nahm zwei Frauen, eine hieß Ada, die andere Zilla.

Schöne Namen kurz einprägsam, hat EVA die so nebenbei, mit Adam fabriziert, damit die Söhne und Enkel sich reproduzieren konnten?

Die arme, EVA und bitte bedenkt, der HERR sprach, sie solle gebären unter Schmerzen. All so grausam Zeuchs und was sich dem interessierten Bibelleser und genau das tun wir hier gemeinsam, hier auftut. Eva gebärt ja in einem Takt, da tut mir sogar Adam leid. Soviel Nuss und Honig, zur Potenz Bildung, wächst doch auf keinem seiner Äcker und Bienenstöcke, zumal der HERR ja sprach, dass er nur unter Mühen und Plagen ernten soll. Ich glaube, langsam wir sollten Adam und Eva anbeten, der HERR lungert ja nur faul und trickreich herum, aber echte Leistung, bisher überzeugt er mich nicht.

20 Und Ada gebar Jabal; von dem sind hergekommen, die in Zelten wohnen und Vieh halten.

Ich hätte meinen Balg anders genannt, aber Jabal, warum nicht der Bruder war Jubal und langsam nähern wir uns dem Tick- Trick- und Track, (Huey, Dewey und Louie)vielleicht ist ja Walt Disney der Gott.

21 Und sein Bruder hieß Jubal; von dem sind hergekommen alle Zither- und Flötenspieler.

Singend und tanzend in den Untergang, ja gute Nacht.

22 Zilla aber gebar den Tubal-Kain; der machte die Werkzeuge für alle Erz- und Eisenschmiede. Und die Schwester des Tubal-Kain war Naama.

Herrlich endlich mal ein Weib die EVA entlasten konnte, bisher zeugten alle durcheinander wie die wilden, aber woher kamen die Frauen? Naama die zweite Frau in diesem Epos der Widersprüche.

23 Und Lamech sprach zu seinen Frauen: Ada und Zilla, höret meine Rede, ihr Frauen Lamechs, merkt auf, was ich sage: Einen Mann erschlug ich für meine Wunde und einen Jüngling für meine Beule.

Homoerotik vom feinsten, Lamech der Schwanzlutscher brachte irgendeinen Stricher um, weil der ihm eine Beule beschert hat oder sich nicht genügend um diese Anschwellung gekümmert hat. Das lässt der Autor der Bibel, halt das war sicher ein ganzes Team, schwach aussehen. So, ein Jüngling wurde für die Beule erschlagen.

Passiert in Berlin Friedrichshain oft, ich bin da etwas, sagen wir so, erstaunt und frage mich, gibt es Zusammenhänge zwischen Lamech und seiner Beule und der Schwellung von Pfarrer Mattes. Wenn er dem Ministranten Klaus Bärbel unter das Ministrantenkleidchen fasst?

24 Kain soll siebenmal gerächt werden, aber Lamech siebenundsiebzigmal.

Langsam wird mir die Bibel zu homo lastig. Einerseits und das kommt später, findet Gott ja, dass Homosexualität so gar nicht gut ist, klar wegen der Nachkommen, da passiert dann nix mehr. Aber lassen wir das nur mal wirken.

Set und Enosch.

25 Adam erkannte abermals seine Frau, und sie gebar einen Sohn, den nannte sie Set: »Denn Gott hat mir einen andern Sohn gegeben für Abel, den Kain erschlagen hat.«

Wie, wenn EVA nur den Kain und den Abel aus der Vulva gepresst hat, woher kamen denn die vielen anderen WEIBER, die den ganzen Losern irgendwelche Nachkommen auf die Welt geholfen haben??? Da passt nichts zusammen.

26 Und auch dem Set wurde ein Sohn geboren, den nannte er Enosch. Zu der Zeit fing man an, den Namen des HERRN anzurufen.

Ich war, auf so manchem Porno Set das ein Set war und Filmsets. Sicher, ich möchte nicht wissen, was das so gezeugt wurde, weil Dolly Busending die Pille vergessen hatte.

Jetzt wird es so richtig laaaaaangweilig.

Bitte!

Ich hab die Bibel ja nicht geschrieben) auch wenn sie ein Bestseller ist, an den kein anderes Buch herankommt, ne danke.

7. Geschlechtsregister von Adam bis Noah

1 Dies ist das Buch von Adams Geschlecht. Als Gott den Menschen schuf, machte er ihn nach dem Bilde Gottes.

Hatten wir schon .... traurig, nicht für uns Gestalten, eher für den Allmächtigen, den HERREN

2 und schuf sie als Mann und Frau und segnete sie und gab ihnen den Namen »Mensch« zur Zeit, da sie geschaffen wurden.

Cool wurde später von den Einwohnerämtern einfach geklaut, statt Kirchensteuern sollte Gott, der allmächtige Herr lieber Lizenzgebühren verlangen.

3 Und Adam war 130 Jahre alt und zeugte einen Sohn, ihm gleich und nach seinem Bilde, und nannte ihn Set;

Jopi Heesters, hat es fast geschafft und ja, damals war die Luft rein, CO_2 ein Fremdwort. Es gab nichts außer dem Säbelzahntiger und allerlei gefräst das am Leben der Lebenden feilte, aber mit 130 noch mal ne LATTE Machiatto , huuuhu Adam war ja so ein richtiger Spitzer.

4 und lebte danach 800 Jahre und zeugte

Söhne und Töchter.
Hammer und das, ohne von einer Vampirelle gebissen zu sein. Na ja wo sollten die herkommen, bis genau zu der Zeit lebten ja immer ein paar wenige auf dieser Scheibe, die ja ein Ball ist, nicht mal rund, man nennt das Geoid.

5 dass sein ganzes Alter ward 930 Jahre, und starb.

6 Set war 105 Jahre alt und zeugte Enoch

7 und lebte danach 807 Jahre und zeugte Söhne und Töchter,

8 dass sein ganzes Alter ward 912 Jahre und starb.

9 Enosch war 90 Jahre alt und zeugte Kenan.

Ja was soll denn daraus werden, wenn Opa der Greis mit 90, seinen Samen auf den Willigen, Acker spritzt. Aber ich glaube, eher daran das ein Grufti mit 90 noch eine Ladung hervorzaubern kann, als das Typen 912, 807, 930 Jahre alt werden.

Gut, ich sehe so manchen, in der heutigen Realität, da würde ich auch von etlichen Jährchen über der konkreten vom Mainstream gemachten Angaben absehen. Udo Lindenberg z.B der könnte gut ebenfalls mehr als 500 Lenze auf dem Buckel haben.

10 und lebte danach 815 Jahre und zeugte

Söhne und Töchter,

die wiederum mit Bruder und Schwester und Vater fickten, weil irgendwie musste man das PLANSOLL ja erfüllen, die Erde, diese Scheibe, musste ja bald bevölkert werden.

11, dass sein ganzes Alter ward 905 Jahre, und starb.
Geil wenn nur mein halbes Alter 905 Jahre währe, dafür täte ich den ganzen Scheiß sogar glauben.

12 Kenan war 70 Jahre alt und zeugte Mahalalel

Was ein Kerl, ja früh gestorben, ein Jahr nach der deutschen Rente, das gefällt in der ReGIERung sicher vielen, der Rentenkasse, macht sowas Freude.

13 und lebte danach 840 Jahre und zeugte Söhne und Töchter,

14 dass sein ganzes Alter ward 910 Jahre und starb.

15 Mahalalel war 65 Jahre alt und zeugte Jered

16 und lebte danach 830 Jahre und zeugte Söhne und Töchter,

17 dass sein ganzes Alter ward 895 Jahre und starb.

18 Jered war 162 Jahre alt und zeugte Henoch.

Respekt!

19 und lebte danach 800 Jahre und zeugte Söhne und Töchter,

So jetzt bin ich fast eingeschlafen, ja so alt musste man damals werden, für mich ist das die übelste Zeilenschinderei überhaupt, wie konnten diese ganzen Lappen so alt werden? Der Sohn Gottes des Herren aber nicht mal annähernd? NA gut die ersten Jahrtausende musste ja überbrückt werden. Das Kernstück der Heiligen Schrift, ist ja das Blah Blah, welches wir verstehen sollen. Ich empfinde die Bibel bis hierher als ein schlecht recherchiertes Machwerk.

20 dass sein ganzes Alter ward 962 Jahre, und starb.

21 Henoch war 65 Jahre alt und zeugte Metuschelach.

22 Und Henoch wandelte mit Gott. Und nachdem er Metuschelach gezeugt hatte, lebte er 300 Jahre und zeugte Söhne und Töchter,

23 dass sein ganzes Alter ward 365 Jahre.

Die Sau, wer will das nicht und ohne Botox und Loreal und Nivea... jajjaja und welcher Zufall 365 Jahre so viele Tage wie das Jahr hat.

24 Und Henoch wandelte mit Gott und ward

nicht mehr gesehen, denn Gott hatte ihn entrückt.
Das gelingt uns heute ohne Gott, mit gutem SEX (ok eher weniger) mit gutem Getränk ab 12% gerne 30-40%, für das entrücken. Es gibt aber auch Rauchwaren und anderes Zeug.

25 Metuschelach war 187 Jahre alt und zeugte Lamech

26 und lebte danach 782 Jahre und zeugte Söhne und Töchter,
27 dass sein ganzes Alter ward 969 Jahre und starb.

28 Lamech war 182 Jahre alt und zeugte einen Sohn.

29 und nannte ihn Noah und sprach: Der wird uns trösten in unserer Arbeit und der Mühsal unserer Hände auf dem Acker, den der HERR verflucht hat.

30 Danach lebte er 595 Jahre und zeugte Söhne und Töchter,

31 dass sein ganzes Alter ward 777 Jahre und starb. 32
Noah war 500 Jahre alt und zeugte Sem, Ham und Jafet.

Ja, leck mich Fett, die Butter ist zu teuer, was soll ich denn damit alles anfangen,

Das Ganze liest sich wie die Blutlinie von

irgendwelchen Vampiren. Wenn ich mir Georg Soros heute ansehe. Irgendwo bekommt alles einen Sinn! Ich habe die Altersangaben mal addiert, natürlich gibt es Überschneidungen, klar. Wenn ich schreibe, trinke ich gerne etwas, dass mir schmeckt. Es gibt Abweichungen, Denkfehler. …. aber bisher und nur weil die meisten 10-20-mal länger leben als der Messias, komme ich auf 14 279 Jahre WELTGESCHICHTE. Die Neandertaler fallen als Christen schon mal weg, deswegen auch ausgestorben.

Da sagt ja jedes Pfadfinder Handbuch was anders. Ok OK das war ja alles vor Christus, dem Messias, dem Jesus 2020 Jahre her.

Kann man jetzt ausrechnen, lass ich aber, mal sehen, was alles kommt, in dieser Story. Ich vermisse die ganzen Hinweise in der Schöpfungsgeschichte, auf irgendwelche Lurchigen Wesen, die in Schlammpfützen herum gekrochen sind und sich überlegt haben, ob es das bringt, aus ihnen zu entsteigen und an Land zu leben und sich zu entwickeln. Aus dem heutigen Kenntnisstand kann man klar und deutlich sagen, würde ich an einem Strand stehen in der Urzeit und beobachten wie die ersten Flossenfüßler an Land kommen, ich würde ihnen sagen, lasst es, es lohnt sich nicht.

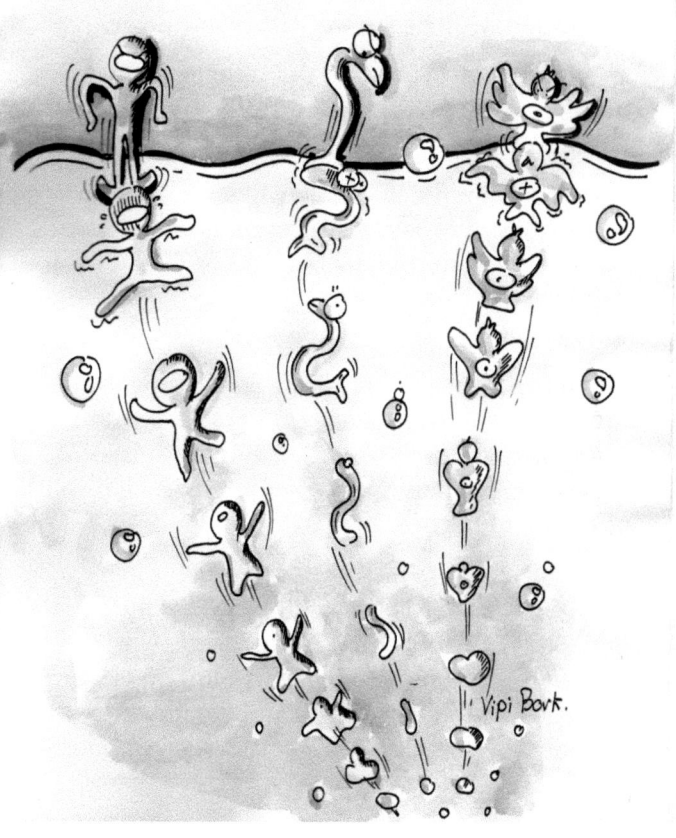

8. Gottessöhne und Menschen Töchter

1 Als aber die Menschen sich zu mehren begannen auf Erden und ihnen Töchter geboren wurden,

2 da sahen die Gottessöhne, wie schön die Töchter der Menschen waren, und nahmen sich zu Frauen, welche sie wollten.

Wie? Jesus war nicht der einzige, ja klar Götter nehmen sich, was sie wollen, die Söhne bilden da keine Ausnahme.

3 So sprach der HERR: Mein Geist soll nicht immerdar im Menschen walten, denn er ist Fleisch. Ich will ihm als Lebenszeit geben hundertzwanzig Jahre.

Was sind göttliche Versprechungen schon wert? Gut wenn man nur im Eden rumgammelt, nie Stress hat. Aber aus dem Paradis ward der Mensch vertrieben und die Krumme seines Ackers verflucht. Medizin gab es keine, soweit ich weiß, galt 40 Jahre schon als Alt.

4 Es waren Riesen zu den Zeiten und auch danach noch auf Erden. Denn als die Gottessöhne zu den Töchtern der Menschen eingingen und sie ihnen Kinder gebaren, wurden daraus die Riesen. Das sind die Helden der Vorzeit, die hochberühmten.

Hochberühmt und keiner kennt Sie, göttliches Sperma blähte die Brut dann auf, da tun mir die Frauen, welche die Gottessöhne sich nahmen eher leid. Den wenn das Baby schon doppelt so groß ist wie die Geburtshülle, das gab ab dem 5 Monat aber Sauerei, ja daher, Du sollest gebären unter Schmerzen. Es wird immer gruseliger.

9. Ankündigung der Sintflut

5 Als aber der HERR sah, dass der Menschen Bosheit groß war auf Erden und alles Dichten und Trachten ihres Herzens nur böse war immerdar.

Wen wundert das, er schuf den Erdbewohner nach seinem Ebenbild.

6 da reute es den HERRN, dass er die Menschen gemacht hatte auf Erden, und es bekümmerte ihn in seinem Herzen,

7 und er sprach: Ich will die Menschen, die ich geschaffen habe, vertilgen von der Erde, vom Menschen an bis hin zum Vieh und bis zum Gewürm und bis zu den Vögeln unter dem Himmel; denn es reut mich, dass ich sie gemacht habe.

Ja klasse, Gott pfuscht herum, bringt es nicht so richtig, liefert Pfusch, wohin man schaut. Ja wenn man sich selbst kopiert, schlechter Charakter, notorisch unzufrieden, kommt eben nichts Besseres.

Da erschafft man den Menschen erst und dann ab ins Klo. So einen Herrn beten so viele an, das passt immer mehr zum Vertreter Gottes auf Erden, normalerweise wird ja derjenige bestraft, der schlechte Arbeit macht oder ein Werk schuf, wie man bei Göttern sicher sagt. Auch hier, der Vergleich mit der Politik passt wieder.

8 Aber Noah fand Gnade vor dem HERRN.

9 Dies ist die Geschichte von Noahs Geschlecht. Noah war ein frommer Mann und ohne Tadel zu seinen Zeiten; er wandelte mit Gott.

Wenn Noah der Mercedes unter den Menschen zu dieser Zeit war. Gehört dem dafür schon ein Tritt in den Arsch, aber es wird ja immer schlimmer.

10 Und Noah zeugte drei Söhne: Sem, Ham und Jafet.

11 Aber die Erde war verderbt vor Gott und voller Frevel.

12 Da sah Gott auf die Erde, und siehe, sie war verderbt; denn alles Fleisch hatte seinen Weg verderbt auf Erden.

Ja wie schon gesagt, war verderbt, was soll rauskommen, wen irgendein HERR aus dem nichts, halbherzig in nur 7 Tagen eine Welt erschafft. Was erwartet Gott denn, wenn er über die Erde schreitet, da und dorthin deutet, mit dem Finger schnippt und irgendetwas Unerprobtes entsteht?

13 Da sprach Gott zu Noah: Das Ende allen Fleisches ist bei mir beschlossen, denn die Erde ist voller Frevel von ihnen; und siehe, ich will sie verderben mit der Erde.

Mit mir hat es sich Gott verderbt und langsam geht es einem schon an die Nerven. Das ist wie ein

Kind dieses Göttchen, kann ihn vor mir sehen, ich halte grade so lange die Luft an, bis nichts mehr verderbt ist. Wer hat die Erden den erschaffen, angeblich? Tja der Pfuscher und andere sind jetzt schuld. Heute sind es die Autos, welche den Globus verderben. Dafür haben wir ja das Greta und die Klimakleber.

Was machte dieser Gott, er sendete die Plagen, damals Frösche, die vom Firnament regneten, heute Klebstoffschnüffler. Letztere eignen sich besser, zum, vom Himmel regnen.

14 Mache dir einen Kasten von Tannenholz und mache Kammern darin und verpiche ihn mit Pech innen und außen.

15 Und mache ihn so: Dreihundert Ellen sei die Länge, fünfzig Ellen die Breite und dreißig Ellen die Höhe.

16 Ein Fenster sollst du für den Kasten machen obenan, eine Elle groß. Die Tür sollst du mitten in seine Seite setzen. Und er soll drei Stockwerke haben, eines unten, das zweite in der Mitte, das dritte oben.

Herrlich, ein Geschoss auf dem Boden, eines in der Mitte und oben. Als Gott hätte er das Mittlere doch an der Oberseite oder unten verbauen behalten können.

17 Denn siehe, ich will eine Sintflut kommen lassen auf Erden, zu verderben alles Fleisch, darin Odem des Lebens ist, unter dem Himmel. Alles, was auf Erden ist, soll untergehen.

10. Hugin und Munin, Erklären die Sintflut.

„Halleluja, zusammenfassen will ich das mal", so der Hugin.

„Der HERR kann es nicht, die nach ihm Geratenen gehen ihm auf den Senkel."

„Wer ist denn die Mutter seiner Söhne, den Riesen?"

„Bestimmt wieder aus irgendwas selbstgebastelt, wie mit Adams Rippe."

„Richtig", antwortet der Munin und beide fielen fast vom Ast vor Lachen.

„Das ist ja entweder ein Cartoon oder der Moses ist ein absoluter Spinner, also würde Odin so beschrieben werden von seinen Boten auf Erden und den Wiedergängern, den Druiden und Sehern, er würde diese zerschmettern. In der Latrine von Walhalla würde er sie installieren, damit jeder in die Schädel kacken kann..."

„Wenn man die Schädeldecke, mit Scharnieren versehen würde, wären das recht hübsche Aborte" ergänzte der Munin. „Dieser Noah soll jetzt also zig Hektar Wald roden. Gut das verstehe ich, Gott möchte verhindern, das die Welt zu früh vom CO_2 befreit wird. Wir wissen ja beide das er sich eine Tochter erschaffen hat, nachdem der

Sohn gar nicht so doll erfolgreich war, und zwar aus Dummheit und Knäckebrot, die Kröta die er als die letzte Plage auf die Menschen hetzen wird."

„Sehet eine große Dürre wird kommen, sprach der Herr" gackerte Munin und Hugin äffte seinen Tonfall nach,

„ Und es wird nicht Heidi Klump sein, denn sehet den Augenabstand und höret die Worte voller Hass in Tränen gewandet. Kröta ist über euch gekommen. CO2 kann sie sehen, seit ihrer Geburt, da die Nabelschnur um Ihrem Halse den Sturz bremste, nachdem die Hebamme Sie vor Schreck fallen lies, so steht es geschrieben".

Das gäbe ein Schenkelklatschen, wenn Raben Schenkel hätten, sie drehten sich vor Lachen im Kreise. Hugin pickte ein paar Fasern vom Baum, fertigte eine Zopfperücke daraus, knotete sie über sein Antlitz. Die Augen rückten dadurch enger zusammen und sein Gesicht wurde hart und trotzig, Hass auf alles spiegelte sich in diesen Zügen des sonst fluffigen Raben, Tränen rollten über seine Wangen und er sagte:

„Ich kann CO 2 sehen und ich mache das, weil ihr Erwachsenen auf meine Zukunft scheißt." Munin konnte sich vor Lachen kaum auf dem Ast halten, aber Hugin hatte mehr auf Lager.

„Ich will" und jetzt rollte er mit den Augen theatralisch, schaute er einen imaginären Gegenstand an, den er wie einen Totenschädel hielt, so ganz nach Hamlet.

„Ich will, das ihr in Panik geratet." Bei jedem Wort, das er voller Hass herauspresste, verbog sich sein Schnabel zu einem Flunsch.

„Ich Will, dass ihr die Angst spürt, die ich jeden Tag spüre". Hugin fiel in eine Art Stechschritt und stolzierte glühend vor Hass, auf und ab.

„Ich will, das ihr handelt ...." „Hör auf, hör auf, ich kann nicht mehr" gluckste Munin, der kurz vor dem Ersticken ist, bitte Gnade".

„Brennt, denn es lodert schon".

Vollendete Hugin unbeeindruckt.

Flooop und Fuump, den Munin hatte es gerissen, es war unmöglich, sich auf dem Ast zu halten, oben gockelte der Hugin weiter und rezitierte und steigerte sich regelrecht in seine Rolle, als hysterische Knäckebrotfresse hinein.

Deswegen, es geht weiter im Bibeltext, denn diesen zu studieren bin ich hier angetreten.

18 Aber mit dir will ich meinen Bund aufrichten, und du sollst in die Arche gehen mit deinen Söhnen, mit deiner Frau und mit den Frauen deiner Söhne.

19 Und du sollst in die Arche bringen von allen Tieren, von allem Fleisch, je ein Paar, Männchen und Weibchen, dass sie leben Bleiben mit dir.

20 Von den Vögeln nach ihrer Art, von dem Vieh nach seiner Art und von allem Gewürm auf Erden nach seiner Art: Von den allen soll je ein

Paar zu dir hineingehen, dass sie lebenbleiben.

21 Und du sollst dir von jeder Speise nehmen, die gegessen wird, und sollst sie bei dir sammeln, dass sie dir und ihnen zur Nahrung diene.

22 Und Noah tat alles, was ihm Gott gebot.

To-do Liste von Noah:

1. Werkzeuge beschaffen, für das fällen und bearbeiten von Tausenden von Tannen.

2. Fällen und bearbeiten von Unzähligen von Tannen.

3. Tausende von Tannen zur „Werft" transportieren, sie sägen, schlichten usw.

4. Die Arche bauen.

5. Pech besorgen und die Arche verpichen.

6. Nebenbei Ackerbau und Viehzucht, denn nur Essen und trinken hält Leib und Leben zusammen die Seele.

7. Allerlei Getier auf der ganzen Welt Zusammentreiben und zur „Werft" verbringen, unterwegs die Fressgewohnheiten studieren und für alle Viecher, das gefällige Futter suchen, haltbar machen und transportieren.

8. Arche an den Start bringen, alles Gezücht drauf treiben und ablegen. Da trifft es

sich doch supergut, dass der HERR die Menschen damals so alt werden, lies und Noah durfte 500 Jahre jung, werkeln und tun, bis das Gott der HERR ihn zu sich holte.

Ich frage mich, hatte es Gott den gar nicht eilig? Die Menschen waren doch so böse.

Geschaffen nach seinem Ebenbild halt eben, wäre es nicht besser gewesen, die ganze Menschensippe samt dem Gezücht, einfach weg zu kärchern?

Den Planeten hoppla die Erde hat er ja nie als solchen definiert, sie war ja eine Scheibe, bis Papst Johannes Paul kleinlaut zugab, nee aber ja, aber nein, aber JA, sie ist eine Kugel.

Das Ganze trocknen lassen und dann eben neue Menschen basteln, aus was auch immer? Vielleicht aus dem Steißbein des HERRN. Von der Zeit her wäre das ruck zuck vonstattengegangen. Ich meine alleine Tausende von Tannen fällen, selbst wenn seine Söhne ihm helfen, oder das ganze Dorf hilft.

Die komplette To-do-Liste ab zu arbeiten, reichen da diese 500 Jahre? Vor allem der allmächtige, wenn er Noah so lieb hatte, wieso hat er nicht bedeutungsvolle Worte gemurmelt, ist wichtig auf und ab gegangen, hätte mit den Fingern geschnippt und diese Arche geschöpft, denn er ist der Ingenieur.

Zu-mindestens einer von den vielen Schöpfern, die in der Multiversum GmbH & Co KG angestellt sind, deren Zentrale auf dem größten der Planeten des Zaark-O-n Systems, auf Zaark selbst, wo der oberste Lenker und Schöpfer der Zaark wirkt.

Wen das Multiversum interessiert, es gibt definitiv mehrere Universen, kann die Zusammenhänge, zumindest grob in den Erzählungen des Svenney O´Shea, seinen wahren Abenteuern ab Band 3 nachlesen.

Wenn man betrachtet, was da alles in den verschiedenen Universen geschöpft wurde.

Für unseren Schöpfer kann man sich da nur schämen, tatsächlich munkelt man, dass er nie auf Zaark, zu den jährlichen Schöpfungsausstellungen, in den Zaark-O´Messehallen eingeladen wurde.

Deren Größe so gigantisch ist, dass man sich das hier gar nicht vorstellen kann. Aber die Hallen müssen so gebaut sein, weil in ihnen die Planeten, von den mittleren Größen bis zur Jupiterklasse zzgl. einem Mondsystem und/oder Ringsystem, nach Saturnart, gefertigt werden.

Nur die Gasriesen und Sonnen werden direkt vor Ort, mit mobilen Bauflotten installiert. Während Legerschiffe, die Sterne parallel und gleichzeitig an dem Firmament installieren.

Doch ich schweife ab, unser Schöpfer davon bin ich fest überzeugt, dass die Gerüchte über ihn dahingehend verlauten, dass er gefeuert wurde. Und gewiss von der Multiversum GmbH und Co KG, die gleichzeitig aber eine Aktiengesellschaft ist.

Mehrere Bauflotten und Schöpfer beschwerten sich, weil sie auf Ihren Baustellen bemerkten, das Material fehlte. Meist gar nicht geliefert wurde oder nicht in der auf dem Lieferschein aufgeführten Menge. Man munkelt so einiges, das der Konstrukteur zu einem Drogenproblem neigt, aber das sind alles nur Gerüchte, die ich hier nicht weiter streuen möchte. Unser Schöpfer, lässt den einzigen Menschen, den er leiden konnte 500 Jahre leben. Aber nur um diese Arche zu bauen, alles an Viehzeug zu sammeln, von jeder Sorte genau ein PAAR, was unweigerlich dazu führen muss, das die ganze Inzucht von vorne beginnt.

Die ersten Entwürfe und Idee

11. Die Sintflut

1 Und der HERR sprach zu Noah: Geh in die Arche, du und dein ganzes Haus; denn dich habe ich für gerecht befunden vor mir zu dieser Zeit.

2 Von allen reinen Tieren nimm zu dir je sieben, das Männchen und sein Weibchen, von den unreinen Tieren aber je ein Paar, das Männchen und sein Weibchen.

Riecht nach Rassismus, reine Lebewesen und unreine, ja wie das? Das passiert, wenn man mit den Fingern schnickt und sich vage äußert, bei der Schöpfung, siehe die Schöpfungsgeschichte.

Der HERR ist schon ein komischer, hetzt die ersten Söhne der Welt gegeneinander, indem er des einen Opfer schmäht, des anderen bevorzugt. Gut es war halt Gemüse, das Abel opferte, statt lecker Kebab und schon ward der Abel nicht mehr. Jetzt werden Tiere in Reine und Unreine unterteilt.

Sieh an, sieh an, oh Herr, wozu dann retten? Wahrscheinlich wusste er schon damals, dass Döner und Kebab und die ganzen Hammelsteaks doch nicht jedermanns Ding sein würden, das Schwein der wahre Hit ist, und vom Moslem gerne, wenn heimlich verzehrt wird. Komisch wird mir, bei dem Gedanken an die 50 Millionen verschiedenen Tierarten, die da so vorkommen, von jeder dann mal 7 Paar, das gibt reichlich AA auf dem Deck. Da hat Noah und die Söhne, nebst den Weibern, Kurzweil an Bord, was für ein Scheiß.

3 Desgleichen von den Vögeln unter dem Himmel je sieben, Männchen und Weibchen, um Nachkommen am Leben zu erhalten auf der Erde.

10350 Vogelarten gibt es auf der ganzen Welt, davon je 7 Paar ergibt laut Casio Fraktion fx28super Taschenrechner, 144900 Piepmätze, Respekt, allein die ganze Vogelscheiße jeden Tag, na damit kann die Neue Welt, gedüngt werden.

4 Denn von heute an in sieben Tagen will ich regnen lassen auf Erden vierzig Tage und vierzig Nächte und vertilgen von dem Erdboden alles Lebendige, das ich gemacht habe.

Spätestens hier, merkt man doch, der Schöpfer gar keinen Plan hat, keinerlei Idee, 7 Tage, erst wurde in Jahrhunderten diese Arche gebaut, dann soll dieses ganze Gelass in nur 7 Kalendertagen das Bording bewerkstelligen.

Gut das mit den 40 Tagen am Stück regnen lassen und die Nächte ebenfalls, klingt genau nach Island. Trotzdem o HERR, versinkt die Insel nicht, denn dank Deiner Flüsse, die gewaltig anschwellen werden, dürfte das Wasser ins Meer abfließen, aber was in der Bibel ist schon schlüssig?

5 Und Noah tat alles, was ihm der HERR gebot.

Das klingt nach unserem Cum EX Kanzler, samt Kabinett und Joe Biden.

6 Er war aber sechshundert Jahre alt, als die Sintflut auf Erden kam.
So, im vorigen Kapitel, 6 Geschlechtern Liste von Adam bis Noah wurden 500 Jahre genehmigt, wahrscheinlich hatte der Bau dann doch länger gedauert und der HERR, hat mal eben weitere 100 Lebensjahre spendiert. Der arme Noah 600 Jahre Ackern wie ein Brunnenbohrer, der hatte doch sicher keine große Lust mehr, aber hören wir weiter, was Mose da so aufgeschrieben hat.

7 Und er ging in die Arche mit seinen Söhnen, seiner Frau und den Frauen seiner Söhne vor den Wassern der Sintflut.

8 Von den reinen Tieren und von den unreinen, von den Vögeln und von allem Gewürm auf Erden

Gingen die dann alleine in das Bretterschiff?

Ach unter 9 steht es ja, sie gingen paarweise, erklärt aber nicht den Vorgang. Ja das Bording war sicher spannend, vor allem das Gewürm, die Maulwürfe, welche blind sind. Das Check in war mitreißend, würde da gerne dabei gewesen sein. Stelle mir das vor wie bei meinem letzten Flug, von Bangkok nach Frankfurt, wenn Chinesen in der Schlange stehen. Alle drängeln.

9 gingen sie zu ihm in die Arche paarweise, je ein Männchen und Weibchen, wie ihm Gott geboten hatte.

10 Und als die sieben Tage vergangen waren, kamen die Wasser der Sintflut auf Erden.

Hat ja gut geklappt mit dem Beladen, der Kahn war beim Ablegen schon halb vollgeschissen. Den das Noah und die seinen, das Bording und das Shitschippen, mit seiner Frau Paarshippen genannt, parallel zu veranstalten in der Lage waren, werde ich hier mit Nichtwissen bestreiten.

Der Herr hat die Arche ja genau beschrieben, wie lang, welche Öffnungen wo, etc.

Aber es steht nirgendwo, dass Abflüsse angelegt werden sollen, für all den Scheiß, der auf längeren Reisen anfällt.

40 Tage sind ein Wort, alleine das Elefanten und Nashorn Pärchen dürfte einiges produzieren. Aber dachte Gott, wenn der ganze Shit über Bord gelenzt wird, dann wird die Arche zu leicht.

11 In dem sechshundertsten Lebensjahr Noahs am siebzehnten Tag des zweiten Monats, an diesem Tag brachen alle Brunnen der großen Tiefe auf und taten sich die Fenster des Himmels auf,

Feiert irgendeine Religion den 17. Februar als heiligen Feiertag???

12 und ein Regen kam auf Erden vierzig Tage und vierzig Nächte.

13 An eben diesem Tage ging Noah in die Arche mit Sem, Ham und Jafet, seinen Söhnen, und mit seiner Frau und den drei Frauen seiner Söhne.

Unter Punkt 7 und 8 wurde das Bording schon beschrieben. Ich sehe hier eine Ideenlosigkeit und Zeilenschinderrei.

14 dazu alles wilde Getier nach seiner Art, alles Vieh nach seiner Art, alles Gewürm, das auf Erden kriecht, nach seiner Art und alle

Vögel nach ihrer Art, alles, was fliegen konnte, alles, was Fittiche hatte;

Bis eben dachte ich ja, das ganze Tierreich sei an Bord und verstaut, aber wieder nur ungenau recherchiert von diesem Moses.

15 das ging alles zu Noah in die Arche paarweise, von jedem Fleisch, darin Odem des Lebens war.

Da kann man ja nur den Kopf schütteln, nicht mal nur über diese Formulierung. Aber vor allem, bei dem hohen IQ kann man ja nur hoffen, dass der HERR nicht auch die Fische und sämtliches Geflösse mit an Bord nahm, weil dem ja Wasser so gar nichts ausmachte. Allerdings verdünnt das Meerwasser sich ja ganz schön. Wenn die Welt komplett überflutet wird, mindestens 8840 Meter hoch.

Damit auch der letzte Zottelyeti und Yak elend absäuft im Himalaya. Dabei funktioniert das ganze Vorhaben doch hinten und vorne nicht, denn die Welt ist ja eine Scheibe. Das Wasser läuft ja ohnehin über den Rand ab, wie soll es bis zum Himalaja hinauf steigen. Man kann argumentieren, die indische Kontinentalplatte sei zu dem Zeitpunkt eben noch nicht auf die Asiatische gedriftet und somit gab es gar keine Gebirge. Außer kurze

Zeit später den Berg Sinai, wo sonst hätte Moses seine Tafeln mit den Geboten erhalten sollen? Fragen über Fragen, ich bin mir hinsichtlich eines sicher, exakt das ist der Glaube, Blinde Überzeugung, die mit Wissen nichts zu tun hat. Ist ja heute genau so, dass Fakten, die nicht in das Weltbild passen, gar nicht zugelassen werden.

Das Gleiche gilt bei Diskussionen, jeder hat Recht. Der Diskussionsgegner mit den besseren Argumenten, wird sofort beschimpft, wenn er das falsche Narrativ vertritt. Offener Meinungsaustausch findet so gut wie nicht statt.

Jeder Versuch einen Klimahysteriker durch sachliche Argumente zu überzeugen, ist vergeudete Zeit.

Das Gleiche gilt für religiöse Denkweisen.

Das denken wird wieder vom Staat oder gewissen Gruppen übernommen. Wer selbst denkt und andere Schlüsse zieht, wird zum Rechtsradikalen oder Schlimmeres.

Daraus resultiert für mich, das Linke nicht denken, was deren Parteiprogramm nicht entschuldigt, aber erklärt.

16 Und das waren Männchen und Weibchen von allem Fleisch, und sie gingen hinein, wie

denn Gott ihm geboten hatte. Und der HERR schloss hinter ihm zu.

17 Und die Sintflut war vierzig Tage auf Erden, und die Wasser wuchsen und hoben die Arche auf und trugen sie empor über die Erde.

Was zu Beweisen wäre, vor allem wie? Vielleicht wurde der Rand der flachen Erde ja gebördelt, wie eine Badewanne. Aber eigentlich wissen WIR heute ja, bis auf ein paar Spinner in Amerika, das die Erde eine Kugel ist. Na fast, Geoid genauer und natürlich war Sie das dann damals ja ebenso. Selbst bei der Kugel, dem richtigen Model gilt, Holland kriegen wir locker überschwemmt, aber die Schweiz, als Beispiel oder Peru?

18 Und die Wasser nahmen überhand und wuchsen auf Erden, und die Arche fuhr auf den Wassern.

19 Und die Wasser nahmen überhand und wuchsen so sehr auf Erden, dass alle hohen Berge unter dem ganzen Himmel bedeckt wurden.

Lach und Sachgeschichten mit der Maus, aber nein, da würde solch ein Nonsens niemals gebracht werden. Gut halten wir fest, der HERR holte von irgendwoher so viel Wasser, das er die Gebirge überfluten konnte. Vielleicht musste er dringend Pipi, hatte 101 göttliche Riesenelefanten, mit den gleichen Bedürfnissen, aber Moses geht darauf nicht näher ein. Er ist einfacher Prophet, keiner fürs Wetter.

20 Fünfzehn Ellen hochgingen die Wasser über die Berge, sodass sie ganz bedeckt wurden.

Das hat dann das statistische Bundesladen-Amt bekannt gegeben, vielleicht hatte Noah selbst genug Faden an Bord, ich meine 14 Schafe liefern schon was an Wolle, dann die Seidenspinner usw. das er die Tiefe eigenhändig Loten konnte.

21 Da ging alles Fleisch unter, das sich auf Erden regte, an Vögeln, an Vieh, an wildem Getier und an allem, was da wimmelte auf Erden und alle Menschen.

Dufte, blanker Horror, wahrscheinlich ist der Februar deswegen, der kürzeste Monat im Jahr. Brutal ohne Ende was haben denn die ganzen Tiere falsch gemacht, ich dachte nur, sein Ebenbild störte den HERRN, vielleicht hatten der Affe und der Esel ja Ähnlichkeiten, aber all das andere Sein?

22 Alles, was Odem des Lebens hatte auf dem Trockenen, das starb.

Und alles was nur hohl in der Birne ward, ohne Odem des Lebens dafür der Ignoranz und Dummheit wurde Politiker und weil

hohle Köpfe schwimmen, blieben Sie am Leben.

23 So vertilgte er alles, was auf dem Erdboden war, vom Menschen an bis hin zum Vieh und zum Gewürm und zu den Vögeln unter dem Himmel. Sie wurden von der Erde vertilgt. Allein Noah blieb übrig und was mit ihm in der Arche war.

24 Und die Wasser wuchsen gewaltig auf Erden hundertfünfzig Tage.

Wachsende Pegel, genau das, was Kröta Thunfisch uns ja prophezeit, siehe die Prophezeiung Wasa Wasa Brief 13, Vers 666.

Die Klimakleber haben Ihre Ideologie also aus dem heiligen Buch.

12 **Ende der Sintflut.**
Noahs Opfer.

Verheißung des Herrn

1 Da gedachte Gott an Noah und an alles wilde Getier und an alles Vieh, das mit ihm in der Arche war; und Gott ließ Wind auf Erden kommen, und die Wasser fielen.

Oder der hochgebördelte Rand wurde eingedrückt, vielleicht ja von den Winden, als Kugel könnte der HERR sie schnell gedreht haben, so das die Fliehkräfte, das Wasser vertreiben. Wo könnte das nur hin sein, wir wissen ja nicht mal, woher es kam.

2 Und die Brunnen der Tiefe wurden verstopft samt den Fenstern des Himmels, und dem Regen vom Himmel wurde gewehrt.

3 Da verliefen sich die Wasser von der Erde und nahmen immer mehr ab nach hundertfünfzig Tagen.

Ach so war das.

4 Am siebzehnten Tag des siebenten Monats setzte die Arche auf dem Gebirge Ararat auf.

5 Es nahmen aber die Wasser immer mehr ab bis auf den zehnten Monat. Am ersten Tage des zehnten Monats sahen die Spitzen der Berge hervor.

Damals waren die Gebirge alle gleich hoch.

Der 300 Ellen lange Brettfrachter setzte auf der Spitze des Berges auf. Gut konstruiert, alles in Balance, das Aussteigen dürfte etwas schwer werden später.

6 Nach vierzig Tagen tat Noah an der Arche das Fenster auf, das er gemacht hatte,

Das muss ein großer Moment gewesen sein, den Duftbäume hatte Noah sicher nicht an Bord.

7 und ließ einen Raben ausfliegen; der flog immer hin und her, bis die Wasser vertrockneten auf Erden.

Hugin und Munin, lagen sich in den Flügeln vor lachen, sie äfften das hin und herfliegen nach, mit dem man ganze Erdteile trocknen kann. Ja während ich dies hier tippe, ist Vene-

dig dem Hochwasser zum Opfer gefallen.
Markusplatz da steht das Wasser knietief,
hätten lieber Raben statt diesen Tauben
gehabt die Venezianer, ebenso in anderen
Gebieten, bei Hochwasser.

Raben statt Kröta aus Lönneberga, der Klimamumpitz kann uns nichts mehr, wir brauchen nur Krähengezücht. Ich werde die niederländische Regierung in den nächsten Tagen informieren, wie das „Unvermeidliche" abgewendet werden kann.

8 Danach ließ er eine Taube ausfliegen, um zu erfahren, ob die Wasser sich verlaufen hätten auf Erden.

Zum Glück hatte sich Noah und die Seinen, nicht verlaufen, beim Einfangen der ganzen Tierarten auf allen Kontinenten der ERDE. Sonst hätte dieses wohlfeile Abenteuer nie stattfinden können.

9 Da aber die Taube nichts fand, wo ihr Fuß ruhen konnte, kam sie wieder zu ihm in die Arche; denn noch war Wasser auf dem ganzen Erdboden. Da tat er die Hand heraus und nahm sie zu sich in die Arche.

Ich dachte, die Bergspitzen kamen schon

heraus, ein Lektor hätte aus der Bibel einiges herausholen können, fällt mir dazu ein.

Allerdings wäre die Bibel dann andersgeschrieben worden. Wenn man allen Unsinn, Ungereimtheiten und Unfug weggelassen hätte, könnte die Bibel jeder, als kleine Fibel mit sich herumtragen.

10 da harrte er weitere sieben Tage und ließ abermals die Taube fliegen aus der Arche.

11 Sie kam zu ihm um die Abendzeit, und siehe, sie hatte ein frisches Ölblatt in ihrem Schnabel. Da merkte Noah, dass die Wasser sich verlaufen hatten auf Erden.

WO, woher kam ein frisches Ölblatt, auf einem Planeten der, seit Ewigkeiten komplett unter Wasser gestanden hatte??? Vor einer Woche fand das Täublein keinen Ort für den zarten Fuß, wohin es ihn hätte setzen können, doch flugs hatte es ein Ölblatt am Schnabel. Ich denke, das Trinkwasser das Noah an Bord hatte, war leicht verkeimt, in der Art, dass halluzinogene Sporen gar, am Fässchen sich bildeten.

12 Aber er harrte noch weitere sieben Tage und ließ die Taube ausfliegen; sie kam nicht wieder zu ihm.

Verdenke ich dem Täublein nicht, zum Glück fand das andere Vögelchen dann das erste, weil wie man an manchen öffentlichen Plätzen, an den zu-geschissenen Baudenkmälern sehen kann, sind die Täublein gar fruchtbar und mehrten sich. Sicher fanden die beiden, via der Hilfe des HERRN, zu dem Ersten.

13 Im sechshundertsten Jahr Noahs am ersten Tage des ersten Monats waren die Wasser vertrocknet auf Erden. Da tat Noah das Dach von der Arche und sah, dass der Erdboden trocken war.

Ich schlussfolgere daraus, dass die Arche gekentert war, denn wenn ich das Dach an meinem Cabriolet entferne, oder es vom Haus decke, sehe ich den Himmel, oben ... unten vermag ich in einer Arche dieser Größe eher nichts zu erkennen. Da wurde uns beim Aufsetzen auf den Berg Ararat ein Drama verschwiegen!

14 Und am siebenundzwanzigsten Tage des zweiten Monats war die Erde ganz trocken.

15 Da redete Gott mit Noah und sprach:

16 Geh aus der Arche, du und deine Frau, deine Söhne und die Frauen deiner Söhne mit dir.

17 Alles Getier, das bei dir ist, von allem Fleisch, an Vögeln, an Vieh und allem Gewürm, das auf Erden kriecht, das lass mit dir herausgehen, dass sie sich regen auf Erden und fruchtbar seien und sich mehren auf Erden.

Und genau an dieser Stelle fragt sich jeder, was hat das Ganze jetzt gebracht? Einige Hektar Wald wurden für diese Arche vernichtet, 600 Lebensjahre, 500 plus 100 Bonus Jahre von Noah verschwendet, nur dafür das alles von vorne losging, die gleiche Inzucht erneut. Denn wenn seiner Söhne, Abkömmlinge und Töchter einander tief in die Augen sahen und fruchtbar waren, sich mehrten, kamen normalerweise nach 2-3 weiteren Generationen, bluterkrankte Mutanten, die man adelige nannte heraus. Die Tiere, die es vorher ja schon geschafft hatten, mussten erneut aus dem dünnen Genpool fischen und das beste draus machen. Ich vermute die Saurier dürften um Noah ausgestorben sein, ebenso der ganze andere schnick und schnack, den man aus den Museen kennt, heutigen Tages nicht mehr auf Erden weilt. Was Mose uns vorenthält, den beißenden Mief auf der Arche, mag es sein, dass sich das Dach von alleine entfernt hat? All der Kack und die Pisse..

18 So ging Noah heraus mit seinen Söhnen und mit seiner Frau und den Frauen seiner Söhne,

19 dazu alles wilde Getier, alles Vieh, alle Vögel und alles Gewürm, das auf Erden kriecht; das ging aus der Arche, ein jedes mit

seinesgleichen.

20 Noah aber baute dem HERRN einen Altar und nahm von allem reinen Vieh und von allen reinen Vögeln und opferte Brandopfer auf dem Altar.

Mann kann von diesem geopfere ja sagen, was mal will. Lobet oder preiset was immer, den HERRN. Aber Tiere nur zum Spaß, für einen überheblichen Geist, zu ermorden, ihr Leben zu nehmen, damit es verbrannt riecht, weil es dem HERRN schmeichelt. Ich meine später werden wir erfahren, dass eben dieser feine HERR, seinen eigenen Sohn opfert. Den Abraham wird er ebenfalls zwingen und manch anderes Greul ist zu erwarten.

Diesem HERRN zu huldigen,.. das muss jeder selbst mit sich ausmachen. Da überlebt das reine Vieh und die Vögel, diese Höllenfahrt, in all dem Gestank, bei wenig Nahrung und dann, liegt ein Teil sinnlos geschlachtet auf einem Altar und verbrannt.

21 Und der HERR roch den lieblichen Geruch und sprach in seinem Herzen: Ich will hinfort nicht mehr die Erde verfluchen um der Menschen willen; denn das Dichten und Trachten des menschlichen Herzens ist böse von Jugend auf. Und ich will hinfort nicht mehr schlagen alles, was da lebt, wie ich getan habe.

Wahrscheinlich hat Noah zu dem liebliche verbrannten Fleisch ein paar seiner privaten Kräuter geopfert, die beim verbrennen immer so gut riechen und den Noah dann so selbst zufrieden in den vergeudeten Tag hat blinzeln lassen.

22 Solange die Erde steht, soll nicht aufhören Saat und Ernte, Frost und Hitze, Sommer und Winter, Tag und Nacht.
Danke Dir, ooh Herr.

13. Gottes Bund mit Noah

1 Und Gott segnete Noah und seine Söhne und sprach: Seid fruchtbar und mehret euch und füllet die Erde.
Was Sie wie wir heute wissen taten. All die Chinesen, Thai, Mon, Japan, die Asiaten, all die Zulu, Birimbibalu oder farbigen Afrikaner, all die Eskimo, Isländer, Schweden, Norweger, Nordmänner, all die Europäer und diverse und sonstige. Noah´s und der Samen der Söhne, die Eierstöcke der Frauen, gebaren so vieles und so reichlich, kunter – bunt, multikulturell, Halleluja lasset uns Preisen.

2 Furcht und Schrecken vor euch sei über allen Tieren auf Erden und über allen Vögeln unter dem Himmel, über allem, was auf dem Erdboden wimmelt, und über allen Fischen im Meer; in eure Hände seien sie gegeben.

Heutzutage fürchtet der Mensch sich, vor allem vor sich selbst. Durch seinesgleichen, kein Tag ohne das die einen Gruppen und Ethnien, Religionen, nicht die andere Bereichern, denn die Frage ist welcher Gott, der Wahre ist und Du oh HERR, bist zeitig auf dem Abgang. Zumindest diejenigen die Deinen eigenen Sohn als Propheten ansehen, damit hast Du den Kleinen aber 2-mal schön reingelegt.

3 Alles, was sich regt und lebt, das sei eure Speise; wie das grüne Kraut habe ich's euch alles gegeben.

Unser Herrgott muss da den Chinesen gemeint haben. Den Asiaten im Gemeinen, denn der isst wahrlich alles, was da kreucht und fleucht und dippt es gar schmackhaft in allerlei Kokos, Curry und Kappisoßen. Er siedet, sottet, kocht, frittiert und grillt, brät, dörrt und bereitet vielerlei Mahl und wenn man davon isst und nicht fragt, was es ist, wird man sehen, das es gut ward.

4 Allein das Fleisch mit seinem Leben, seinem Blut, esst nicht!

Es gab dann den Kannibalen, aber die lebten im weiten Zululand. In Indonesien und anderswo in den tiefen, des brasilianischen Urwaldes. Kinder und Enkel und Urenkel und Ururenkel und Urururenkel, Urururururururuurenkel unter denen die davon nie gehört hatten, das Wort des Herrn. So fingen und aßen sie, ein jeder, sie erhaschten den Menschen, kochten ihn und schrumpften seinen Kopf, auf das dieser an ihrem Gürtel hing oder an einer Stange vor der Hütte thronte.

5 Euer eigenes Blut jedoch will ich einfordern.

Von jedem Tier will ich es einfordern. Und das Leben des Menschen will ich einfordern von einem jeden anderen Menschen.

Diesen Satz scheinen viele nicht kapiert zu haben, mir fällt es nicht leicht, den genauen Sinn zu erkennen. Wahrscheinlich scheiden sich hier die Geister derjenigen, die an Gott glauben, aber dennoch gerne das Blut der anderen nehmen. Das des Feindes und der eigenen Leute, indem sie diese gegen den Rivalen schicken, während Sie das ganze von einem Hügel beobachten, wie bei Königen und höheren Offizieren üblich.

6 Wer Menschenblut vergießt, dessen Blut soll um des Menschen willen vergossen werden; denn Gott hat den Menschen zu seinem Bilde gemacht.

Schon wieder, beim ersten Mal, war es ja ein Desaster, das in der großen Reinigung endete, jetzt erschuf Gott die Menschen erneut aus seinem Ebenbild und Noahs Samen, na mal gespannt, was in der Bibel sonst kommt.

7 Seid fruchtbar und mehret euch und reget euch auf Erden, dass euer viel darauf werden.

Auftrag ausgeführt!!!

Momentan soll das mit dem sich mehren ja so nicht aktuell sein. Das WEF und diese Menschenfreunde, Philanthropen wollen ja den Bestand der Weltherde auf 500 Millionen begrenzen. Dafür haben die ersten Frauen sich dann so angestrengt.

Kein Tag ohne Hiobsbotschaft, Hochwasser die uns fluten, 2013 ist vorbei und Holland immer noch trocken, schade eigentlich. Das Ozonloch kein Thema.

Waldsterben, ja ok. Aber nicht weil der Wald stirbt, sondern aufgrund der Windräder, die den Segen bringen, eher das sägen.

8 Und Gott sagte zu Noah und seinen Söhnen mit ihm:

9 Siehe, ich richte mit euch einen Bund auf und mit euren Nachkommen.

Ja der Bund oder die Bundeswehr, mal sehen, ob die allgemeine Wehrpflicht bei uns wieder eingeführt wird, der Russe soll zittern.

10 und mit allem lebendigen Getier bei euch, an Vögeln, an Vieh und an allen Tieren auf Erden bei euch, von allem, was aus der Arche gegangen ist, was für Tiere es sind auf Erden.

Ja welche Viecher, außer denen aus der Arche sollte er denn sonst meinen?

Die armen Giraffen, Elefanten, die wieder in Richtung Afrika und Asien latschen mussten. Die Kängurus nach Australien, der mecklenburgische Krauliltis gen Güstrow.

Jetzt kam Bewegung in die Geschichte.

11 Und ich richte meinen Bund so mit euch auf, dass hinfort nicht mehr alles Fleisch ausgerottet werden soll durch die Wasser der Sintflut und hinfort keine Sintflut mehr kommen soll, die die Erde verderbe.

12 Und Gott sprach: Das ist das Zeichen des Bundes, den ich geschlossen habe zwischen mir und euch und allem lebendigen Getier bei euch auf ewig:

Schwammig formuliert, ob das eine solide Grundlage vor Gericht haben wird, ist ungewiss. Vor Petrus werde ich, wenn mein Tag gekommen ist, genauso argumentieren, sollte er mich abweisen und in die Hölle entsenden, als Ungläubigen oder wessen ich meiner selbst sonst schuldig gemacht haben werde. Auf dem Totenbett werde ich alles widerrufen und dann .....

13 Meinen Bogen habe ich gesetzt in die Wolken; der soll das Zeichen sein des Bundes zwischen mir und der Erde.

Für mich klingt dass, als wenn der Herr in die Wolken pisst.

14 Und wenn es kommt, dass ich Wetter-

wolken über die Erde führe, so soll man
meinen Bogen sehen in den Wolken.

??? Bei aller Phantasie, meint der den Regenbogen, das hoffe ich inständig, denn er wird doch nicht den Bogen erwägen, der entsteht, wenn er Wasser abschlägt, nicht wahr!?

15 Alsdann will ich gedenken an meinen Bund zwischen mir und euch und allem lebendigen Getier unter allem Fleisch, das hinfort keine Sintflut mehr komme, die alles Fleisch verderbe.
Laut Kröta, der heiligen Autistin, ist es aber soweit.

 CO 2 wird uns richten, ihre Jugend nehmen, auf das die Zukunft ihr ebenfallsgenommen wird, gleich dem Hirn.

Die Fluten werden steigen und dasselbe haben wir schon mal in den 80-90 ern gehört, da man uns weismachen wollte, das spätestens 2013 die Niederlande und Holland, in der Nordsee absaufen. Die gute Nachricht wir haben jetzt 2020 und alles ist da.

16 Darum soll mein Bogen in den Wolken sein, dass ich ihn ansehe und gedenke an den ewigen Bund zwischen Gott und allem lebendigen Getier unter allem Fleisch, das auf Erden ist.

Hoffen wir auf den Regenbogen, somewhere under the Rainbooooooow, laalaaalaaa.

Es stört es mich, dass von mir und allen anderen Lebewesen als Fleisch gesprochen wird.

Da fällt mir jetzt ein, wie empfinden das denn alle streng christlichen Veganer?

17 Und Gott sagte zu Noah: Das sei das Zeichen des Bundes, den ich aufgerichtet habe zwischen mir und allem Fleisch auf Erden. Noahs Fluch und Segen über seine Söhne

Der erste Teil hört sich an, als wenn Rügenwalder Wurst oder Wiesenhof einen Deal mit der BundesreGIERung hätten.

18 Die Söhne Noahs, die aus der Arche gingen, sind diese: Sem, Ham und Jafet. Ham aber ist der Vater Kanaans.

Freut mich, euch kennen zu lernen, meine Urururuahnen

19 Das sind die drei Söhne Noahs; von ihnen kommen her alle Menschen auf Erden.

20 Noah aber, der Ackermann, pflanzte als Erster einen Weinberg.

Meine Oma und Mutter waren Weinköniginnen in der Pfalz und ich selbst trinke gerne den Rebensaft, mit den Blässchen, den Sekt, wenn ich keinen habe auch Wein. Guter Mann, der Noah.

21 Und da er von dem Wein trank, ward er trunken und lag im Zelt aufgedeckt.

Glück gehabt, heute fällt man oft auf alkoholfreie Varianten herein, man trinkt und trinkt, wird aber nicht voll.

Ist mir auf einer Vorlesung passiert. Nach dem achten Sekt ohne Verbesserung der Aussprache ins Lallende, ward ich misstrauisch.

Auf einem Lange zurückliegenden Rockkonzert ward ich verstimmt.

Ich hatte 10 Bier zu 8 DM gezischt, keinerlei Aufbesserung der Laune. Ich schaute auf das Etikett, ... Alkoholfrei stand da.

22 Als Ham, Kanaans Vater, seines Vaters Blöße sah, sagte er's seinen beiden Brüdern draußen.

23 Da nahmen Sem und Jafet ein Kleid und legten es auf ihrer beider Schultern und gingen rückwärts hinzu und deckten ihres Vaters Blöße zu; und ihr Angesicht war abge-

wandt, damit sie ihres Vaters Blöße nicht sähen.

24 Als nun Noah erwachte von seinem Rausch und erfuhr, was ihm sein jüngster Sohn angetan hatte,

25 sprach er: Verflucht sei Kanaan und sei seinen Brüdern ein Knecht aller Knechte!

Ob das alles so erwähnenswert ist, ich sehe das nicht so?

Bruders Untergebener zu sein, auch der Lakaien, ja das nennt man Familienbetrieb. Erst ist man des Vaters Untertan, dann wird geerbt und derjenige der den Betrieb nicht erbt, ja der ist eben der Depp.

26 Und sprach weiter: Gelobt sei der HERR, der Gott Sems, und Kanaan sei sein Knecht!

Kanaan klingt wie eine Kurzform in einer Mundart, für „keine Ahnung."

27 Gott schaffe Jafet weiten Raum und lasse ihn wohnen in den Zelten Sems und Kanaan sei sein Knecht!

28 Noah aber lebte nach der Sintflut dreihun-

dertfünfzig Jahre,

29 dass sein ganzes Alter ward neunhundertfünfzig Jahre und starb.

TEIL 2

1. Die Schöpfungsgeschichte nach Hugin und Munin

Nichts, absolut nichts und sonst gar nichts
           Der Schöpfer

In dem Baum vor der Villa O´Shea ist Superstimmung. Die Schöpfungsgeschichte der Genesis nach dem Buch Mose, ein Brüller. Nur gut das beide Flügel haben, denn denn, von diesem dicken Ast, der eine Art Wohnzimmer für die beiden ist, und der Abend fängt erst an.
Hugin: „Glaubst Du ein Wort von dem
       Scheiß"?
Munin: „Jedes, vor allem weil es gut ward".
    „Erinnerst Du Dich, an die
      Abende am Feuer, im Walhalla
    „Wenn Odin oder ein Krieger
      Geschichten
      Erzählt hat, von Heldentaten, von
      Göttern, von ...."
Hugin: „Ja", unterbrach er den Munin. „Auch
      die Entstehungsgeschichte die Odin
      uns erzählte, von den in Ehren
      ergrauten germanischen Völkern,
      ausgehend von Island,

Die Schöpfung

nach Edda und 1000 Jahre älter als die
der Christen, aber nahezu genau so
bescheuert."
Munin: Ja, das erste Wesen Yimir, Burs Söhne
 hoben ein Stück Erde empor und
 schufen Midgard und so weiter,
 Riesentöchter kommen dann
 vor und eine Kuh Aouhumia,
 deren Milchströme aus dem Euter
 flossen, mit denen Sie Yimir nährte."
Hugin: „Ja, absoluter Humbug alles, kräht es
 hinaus"
„Ich wüsste zu gerne, wie das Universum
wirklich entstanden ist, wenn ich in meinem
tausendjährigen leben, einen Wunsch frei
hätte, ich würde mir erbitten, den Beginn zu
sehe, wie es tatsächlich war"
Munin indes begann wie irre auf dem Ast auf
und ab zu hüpfen, sich zu drehen, Pirouetten
und so was alles und forderte Hugin auf, sich
albern zu bewegen.

„Wozu das denn"?
Fragte Hugin, aber Munin führte sich nur
toller auf, wie ein Sambatänzer, der vom Blitz
getroffen wurde, dann stakste er im Stech-
schritt den Ast auf und ab, steckte einen
Flügel unter den anderen und tat, als wäre er
Napoleon und ....
Ein Blitz ein Riesen Knall, gewaltig grollte ein
Donner, die Luft brannte und dann ...

Schwärze, nicht nur bar jeder Farbe, sondern der Möglichkeit, das Buntes je existiert hat. Kein Hauch, ohne Luft, Moleküle würden leugnen, je hier vorgekommen zu sein, es zu können aber vor allem zu wollen.

„Munin"?
„Bist Du da?"
Fragte Hugin, seine Stimme war klar und deutlich, „bist Du da Hugin"?
„Äääh ich denke, das muss so sein, auch wenn ich keinen Boden unter den Krallen fühlen kann, ..."
„Wo sind wir? Fallen wir oder..?"
„Da ich mich mit dem Stürzen auskenne, bezweifle ich es stark, es müsste zischen, Wind sollte man spüren.
Irgendwelche Thermik, die sich unter die Flügel drückt und vor allem, bei den vielen anderen Malen, habe ich gesehen, wie mein Leben an mir vorbeizieht, aber bisher habe ich kein Fünkchen Vertrautes erkennen können, es ist gar nichts".
„Nicht mal, nicht das Geringste, sogar wenn ich den Schnabel öffne, bleibt alles total still," antwortete der Munin."
„Ich höre Dich nicht mal richtig mit den Ohren. Als wenn sämtliche Teilchen, Elemente fehlen, welche den Schall an mein Ohr leiten könnten. Es ist, als hörte ich Deine Gedanken, was mich am meisten wundert, den bisher nahm ich an, zwischen diesen

Ohren herrscht das Gleiche, wie das, was hier gerade stattfindet."
„Ein Vakuum, vielleicht?"
„In deinem Kopf schon, aber das hier ist nicht mal ein Leerraum. Eher das, was nach einem Steuerbescheid bleibt, also das Absolute Nichts"
„Frierst Du? Ist es warm?"
„Nein"
„Irgendwas stimmt doch nicht, keine Spur Kälte, keinerlei Wind, es stinkt kein bisschen, nicht mal Luft, was atmen wir eigentlich?"
„Nicht das Mindeste glaube ich".
„Was ist nichts?" „Irgendwas muss doch sein. Zeit z.b. wie lange geht das schon so?"
„Null Ahnung, vielleicht gibt es hier keine Zeitspannen".
„Gut möglich". Warum sind wir hier, was haben wir zuletzt gemacht?"
„Keine Ahnung, wer bist Du eigentlich?"
„Hugin und Du?"
„Munin, Odins Rabe glaube ich, aber habe vergessen, wer Odin ist oder was".
„Ist ja einerlei, hast Du Hunger?"
„Auf was"
„Egal, es gibt hier ja eh nichts, also ich habe keinen."
„Warum fragst Du dann mich, ob ich Hunger habe".
„Mir ist langweilig, öde, was glaubst Du, wo wir sind?"
„Nirgendwo denke ich und das so richtig".

„Aber irgendwo müssen wir doch sein".
„Sind wir ja auch, halt nur im Nirgendwo, irgendwo".
„Woher willst Du das den wissen?"
„Ich weiß nichts und das schon gar nicht".
„Das, ja das klingt plausibel".

„Hallo", hörten beide eine modulierte Stimme.

„Auch Hallo, wo sind Sie denn".
„Überall" antwortete die freundliche Stimme.
„Aber hier ist keine Spur" erwiderte Hugin barsch.
„Eben, auch nichts, ist oder kann allüberall sein. Ich bin hier, genau neben Dir Munin, drehe dich doch mal zu mir um".

Munin drehte sich, nur da war niemand zu sehen, aber die freundliche Stimme kam klar von dieser Seite, er sah keinen Raben, sondern gar nichts.
„Hugin, siehst Du irgendwen?"
„Ich sehe nicht mal meine eigenen Krallen".
„Na hier, jetzt genau vor Dir, ich kann euch wahrnehmen, ihr seid zwei besonders hässliche Vögel," ging die freundliche Stimme dazwischen".

„Ich bin doch nicht blind," lies Munin sich vernehmen, „taub auch nicht aber ich höre gar nichts, nur diese Stimme und die klingt nicht richtig, nicht als wenn Sie auf ordentlichem Wege in mein Bewusstsein dringt, sondern andersartig".

„Wie, ...anders" fragte die freundliche Stimme nachdenklich.
„Keine Ahnung, nicht mit den Ohren"
„Wenn Du hören kannst, aber nicht mit den Lauschern, warum versuchst Du, mich dann zu sehen, mit den Augen?"

„Häääääääääää????"
Krähte es aus 2 Schnäbeln, aber es gab kein Medium, das die Schallwellen transportieren wollte, trotzdem schien der Fremde es zu vernehmen, denn er sagte ....
„Denkt doch mal nach, es gibt hier nichts, aber ihr könnt hören, wenn nicht mit den Ohren ..... „Mit was denn sonst"?
„Mit meinem Bürzel?" Unterbrach Hugin.

„Kein Grund für Ausfälligkeiten" entgegnete die nicht mehr so freundliche Stimme.

Darauf wurde es wieder still, man hätte den Eindruck haben können, die beiden Raben denken zu fühlen.
Genau das war es, sie fühlten gar nichts, weder Schmerz, Hunger, Nada und doch hörten Sie beide eine Stimme und sich gegenseitig.
„Wo sind wir?" Fragte Munin erneut.

„Nirgend wo das sollte doch völlig klar sein, sprach die wieder freundlichere Stimme."
„Zumindest noch sind wir nirgendwo, aber irgendwann wird immer alles zu etwas, das nirgends wird zu einem Ort, das Nichts füllt sich mit Dingen und überhaupt".

„Wann denn, wie lange ist irgendwann" nölte Hugin.
„Also wenn ich euch beiden so ansehe, alle bekannten Faktoren berücksichtige, keine 10 Minuten, vielleicht doch etwas mehr, hast Du Hunger, Rabe?"
„Was machst Du eigentlich hier?" Fragte Munin".
„Ich warte".
„Auf was?" Fragte Hugin forsch.
„Darauf das es losgeht, dass es beginnt
"„Möchtet ihr irgendetwas, während wir warten?"

„Was wird denn beginnen, ja ich würde Dich gerne sehen" fragte Hugin.
„Eins nach dem anderen, alles wird anfangen, darum seid ihr doch hier oder nicht?"
Tönte die freundliche und fein modulierte Stimme.

„Dreht euch jetzt um, aber ohne hektische Bewegung, nur in Gedanken, hier ich bin direkt hinter euren Rücken".

Hugin und Munin sahen plötzlich einen alten Mann, der lässig in einer Art Schneidersitz dasaß. Einen Kittel mit vielen Taschen anhatte, aus der oberen Brusttasche ragte ein Notizblock, Schreibgerät und irgendein länglicher Gegenstand, den die beiden aber nicht zuordnen konnten.
„Ich hätte jetzt gerne eine belegte Semmel" sagte Hugin.
„Belegt mit was?" Fragte die angenehme Stimme, die ein freundliches Gesicht hatte, einen bauschigen Bart, in diesem Kittel steckt und lässig auf dem Boden saß.
„Aas oder eine frisch verendete Maus, vielleicht mit Frischkäse und Krabbelviech und Dill".
Der freundliche Mann, griff in seinen Kittel, durchsuchte einige Taschen, ...
„Es werde eine Semmel mit Insekten, einer Maus und etwas Dill" , zog dann irgendwas daraus hervor und gab es Hugin.
„Irre" brach es aus dem Raben heraus.
„Jetzt, jetzt müsste es gleich losgehen" sagte die freundliche Stimme.

„Ich sehe nur Dunkelheit, absolut gar nichts außer schwärze und Finsternis" nörgelte Munin.

„Ja da irrst Du Dich aber, hier ist alles, absolut sämtliches ist da. Es ist nur nicht montiert, schaut her, ebendies ist der ideale Anfang, die

Nacht wird als Allererstes installiert, an sich ist dieses da eine Noch-nicht Dunkelheit, den die eigentliche Finsternis ist derzeit in Kisten verpackt".
Hugin und Munin schauten sich fragend an.
„Was labbert der den da?" Tönte Hugin.
„Keine Ahnung, von wem hatte er die Semmel?"
„Ich glaube, er hat sie dabeigehabt"
„Woher wusste er aber das, Du genau das möchtest, eine Semmel, mit Fliegen und toter Maus?"
„Und Dill"
„Ja, Dill auch. Woher, wie wer ist das".
„Er hat die Semmel geschöpft, vielleicht ist er der Schöpfer????"

Munin fragte, „ bist Du der Schöpfer?"
„Ja so gesehen bin ich der Urheber aber nicht der Einzige es gibt viele von uns, wir haben sogar eine Gewerkschaft und sind gut organisiert.
Es existiert nicht nur ein Universum, derer gibt es viele. Wir leben in einem Multiversum und ich bin spezialisiert, und habe Arbeit ohne Ende, seit 12 Äonen hatte ich keinen Urlaub mehr. Ich komme nicht mal dazu, unfertige Planeten oder Systeme fertigzustellen.

Das Ergebnis ist dann ständig, das die Baustellen beklaut werden. Da verschwindet gerne mal ein ganzes Firmament, das anschließend ein anderer Schöpfer über irgendeine Welt hängt, dieses dann aber hinten und vorne nicht passt. Später wird es angeflickt, was nicht harmoniert, wird passend gemacht, die Sterne passen nicht anständig, der Sonnenlauf macht Probleme und wenn man zusätzliche Monde benötigt, dann wird es lustig, weil man die gar nicht mehr richtig befestigen kann. Es gibt zu viele Stümper und jeder meint, er kann machen, was er will.

Ich aber werde streng kontrolliert, jeder Ozean, jede Gebirgskette, wird überprüft und wenn da, nur der Verdacht besteht, es läuft nicht rund, es wurde etwas vergessen oder gegen Vorschriften verstoßen, dann habe ich ein Problem. Und zwar, dass ich in einem aus 1446 Bänden bestehenden Machwerk, das sich ISO Norm nennt, die passende Anleitung finden muss. In der pro Werkstück bis zu 12000 Abhandlungen bearbeitet und beleuchtet werden. Welche mit Ergänzungsschriften, die nahezu wöchentlich erscheinen und reicher Illustration bebildert, die Stellen finden muss, welche in weiteren Quellen genau beschreibt, wie richtig zu verfahren ist."
„Klingt kompliziert" krächzte Munin bestätigend.
„Nun, manchmal bevorzugen Schöpfer die Uhrknallmethode, bei der Planung eines

neuen Kosmos, ich selbst bevorzuge die kontinuierliche Schöpfung, weil der Urknall so bin ich überzeugt, dem Universum massive psychische Schäden beschert, vor allem wenn es altert.
Natürlich ist die Methode reizvoll, ein lauter Knall, aber genau da muss man ansetzen, warum nicht eine Bombastische Musik, Fanfaren oder für Moderne Universen, eine Technoparty, man könnte den Urknall auch Rappen." Fuhr der freundliche Schöpfer, von dem es viele gab fort.
„Leises Zischen vielleicht" schlug Hugin vor.
„Ja, mir würde ein Fuuump gefallen", ergänzte Munin.
Der freundliche Herr fuhr fort.
„Es gibt ja kaum noch Handwerkskunst, damals als ich Stift war, also Lehrling da dauerte es Tage um so ein Universum zu erschaffen. Pläne wurden gezeichnet, alleine die Erlaubnisse, ansonsten alles in Bauzeichnungen, dann auf Blaupausen, die technischen Zeichner waren viel beschäftigte Personen , folgend die Genehmigungen, die Statik sollte stimmen, alles wurde gegengerechnet, dann die Kalkulation, Material musste bestellt werden. Und so weiter und so fort.
Heute wird so viel leerer Raum einfach schon mal abgesperrt, dann wird da überall Werbung aufgestellt, Hinweistafeln ... wer demnächst in wessen Namen was genau baut und wozu es dient. Aber nirgends sieht man

Arbeiter oder Maschinen, nur Material türmt sich und bis es losgeht, sind wichtige Teile längst gestohlen und auf privaten Baustellen verwendet worden. Fast jeder Schöpfer hat ein oder mehrere eigene Universen, da spielt er sich dann bisschen als Gott auf, erteilt Befehle und schafft sich dies und jenes, zerstört es wieder und so geht es immerfort.
Ja und dann passt eben nichts zusammen, auch auf den offiziellen Baustellen, es wird nachbestellt. Bände mit den richtigen ISBN Nummern gewälzt, festgestellt das es Lieferengpässe gibt oder genau die Modellreihe gerade vergriffen ist, beziehungsweise nicht mehr in der Produktion befindlich und weiter geht der Pfusch.
Falsche Raum Zeit Gefüge, es gibt Universen, ohne Periode, einige frei von Territorium und viele bar beides, dafür aber der Irrsinn pur und dann wird alles sich selbst überlassen".

„Du bist der Schöpfer"? Fragte der Munin.
„Nicht Der, nur Ein" sagte der freundliche Mann verlegen.
„Ich kümmere mich nicht um die ganz großen Bauteile und Komponenten, wie Gasriesen, Pulsare Kometenschwärme und extreme Wurmlöcher. Ich fertige mehr auf Maß, nach genauen Vorgaben und meine Leidenschaft sind Prototypen.
Absolut neue Konstruktionen, Bäume und Pflanzen designe ich wirklich gerne. Mein

Bruder entwirft Fjorde in Serie, aber auch in Einzelproduktion. Er beauftragt niemand anderen, keine Subunternehmer, denn auf die kann man sich nie verlassen. Ich mache fast alles selbst, natürlich habe ich Angestellte, nur nicht zu viele, ein paar Millionen, aber das sind meistens Baumaschinen Führer. Die Pläne mache ich alle selber, die sind im Kopf." Der freundliche, nette Mann schwitzte und seufzte ein bisschen.
„Wisst ihr, die meisten Denken Schöpfung, da schreitet man übers Wasser, deutet hierhin, zeigt dahin, nuschelt ein paar Sätze und sieht nur, dass es gut ward, aber so ist das nicht."
„Ich habe 800 verschiedene Arten von Regen generiert, mir gehen echt die Ideen aus, das sind die Momente, da möchte man aufgeben, da fühlt man sich ausgebrannt, nur leer."
Irgendwann ertappt man sich dabei, sich selbst zu kopieren. Ich benutze immer öfter die gleichen Pläne und Berechnungen für dieselben Tropfenformen. Natürlich könnte ich farblich unterscheiden. Die meisten sind ja glasklar und wenn ich mal gelblichen Regen in eine Schöpfung einbaue, dann schreit gleich alles, die Umwelt wir müssen die Fauna schützen. Schaut mal all dieser schwefelige Dreck, dabei benütze ich gar keinen Sulfur. Zu teuer, schiere Lebensmittelfarbe, früher gerne Safran."
„Verstehe, Schöpfung ist undankbar" äußerte sich Hugin.

Das Leben von der Zelle, zu was auch immer

„Ich mache es ja gerne, versteht mich nicht falsch, aber ein kleiner Fehler, diese lange Garantiezeiten, nur einige Schöpfer besinnen sich auf ein Berufsethos. Da installiert man ein paar tausend Naturgesetze, wird zu einer anderen Baustelle gerufen. Irgendwer macht dort weiter, wo man gute Vorarbeit geleistet hat, dann kommt man wieder zurück und der Himmel leckt, die Ozeane veralgen und überall bilden sich katzengroße schwarze Löcher."
„Die Bewohner können sich ja via Gebet beschweren, was auf den allermeisten Planeten, gerne getan wird. Aber am Ende bekommt man eh nur die Sekretärin erreicht, die keine Ahnung hat, wo der Boss ist. So passiert Jahrzehnte lang nichts. Als Nächstes geht im Himmel, am Firmament die Elektrik kaputt, irre Hochspannungen entladen sich auf der Erde, Wolkenformationen kommen durcheinander, verknoten sich, extreme Winde fegen über die Oberfläche und so weiter," schloss der freundliche Schöpfer.
„Also ist es Absicht, wenn jemand vom Blitz getroffen wird oder in einem Unwetter von irgendwas umherfliegenden erschlagen wird, ich dachte immer, es wären enorme elektrische Anstrengungen, Entladungen" mokierte sich Hugin.
„Nicht meine Absicht, ich konstruiere den ganzen Kram ja nur, überwache die Installationen und die Tests, ich kann nicht überall gleichzeitig sein, aber ich habe

volle Auftragsbücher, es ist kompliziert".
„Du Hugin" fragte Munin.
„Glaubst Du wirklich, dass da ist der Schöpfer".
„Wer soll er denn sonst sein?"
„Wenn das der Schöpfer ist, dann ist alles, was von ihm kommt eine Reliquie, auch die Semmel".

„Wääälfffäää Fääämel?" Fragte der Hugin, verärgert wusste er doch, dass man mit vollem Schnabel nicht krächzen sollte.
„Du hast eine Reliquie verspeist, du Narr", schnaubte Munin.
„Ich hatte Hunger und so gut war die gar nicht, keine Remoulade, man sollte von einem Schöpfer eine bessere Semmel erwarten können, die war klitschig, irgendwie".
„Du hast eine Reliquie gefressen" nöselte Munin.
„Hätte ich den Schöpfer bitten sollen einen Tempel zu erschaffen, in dem man dieses traurige Brötchen ausstellt und anbeten kann"
„Es wären sicher Millionen gekommen, um es zu sehen".
„Ich erblicke nicht mal einen" blaffte Hugin zurück.
„Außerdem war keine Remoulade drauf, ändert gleich eine ganze Menge oder?"
„Seid doch mal ruhig, es geht los" Informierte

die etwas gereiztere Stimme, die nicht so freundlich klang, die des Schöpfers. Hugin, der sich schon früher oft fragte, was denn die Ursache des Seins und Werdens sei, sah in seiner Phantasie eine Urimplosion, keinen Knall.

2. Ein Universum entsteht.

Von außen, von sonst wo und irgend woher strömten Milliarden von Materialien. Büroklammern, Tacker, Erbsen Dosen, Kaffeefilter, in einer umgekehrten Explosion, statt Expansion verdichtete sich alles nach innen, zu einem Kern, der dichter und kompakter wurde und anschwoll und in sich zusammenfiel.

In Erwartung eines gewaltigen Knalls hielten sich Hugin und Munin die Ohren zu. Was komisch aussah, den Krähen haben keine Lauscher, der ganze Kopf dient als Gehör, sie können unterscheiden von wo die Töne kommen, die Kopfform der Vögel ermöglicht das.

Die vorbeifliegende Materie nährte den anschwellenden und wieder zerfallenden Kern. Verdichtete sich mehr und immer weiter, wurde schwerer und massiger, begann zu pulsieren. Energie wurde spürbar, es zog und drückte, es wurde hell und dunkel, laut und leise, kalt und warm.

Alles gleichzeitig, als dann jedes Teil so Miteinander marodierte und seltsam wurde.

Auf dem Höhepunkt des Ursprungs. Auf den unbestreitbar ein gewaltiger Knall, eine gigantische unfassbare Druckwelle folgen würde, die alles vernichtet. Wenn etwas da gewesen wäre, was es aber im nirgends und nirgendwo, ja nicht gab, geschah es.

„**Fuuuump**" ein leises gedämpftes, unscheinbares Tönchen, ein Hauch und da war Sie, die Welt.

Sie existierte urplötzlich, als hätte irgendwer ein schwarzes Tuch weggezogen und Taadaaa gerufen. Ein Universum, ein neues ist entstanden und auf den ersten Blick gar kein schlechtes.

Es sollte eine Weile dauern, bis alles kompliziert genug wurde, um aus Gaswolken und Trümmern und Materie, Galaxien, Planeten mit Kontinenten, Wäldern, Seen Flüsse und Bioformen hervorzubringen.

Nicht erwähnenswert sind aus gedrehten Leitern gebildete aminosäuresensitive Stränge / Helix die durch ekelhaft stinkende, Schleimpfützen krochen und darüber grübelten ob es sich lohnen würde, Flossen Flügel, Beine auszubilden oder irgendwelche Gliedmaßen um aus dieser Ursuppe da zu entsteigen.

Aber das würde dauern. „Arghh"

Kommentierte Hugin den Vorgang.

„Sieht doch hübsch aus" bemerkte der freundliche Mann,

„Schaut mal da drüben, verfestigt sich ein besonders schöner Planet, ich habe das Wasser diesmal blau gefärbt und seht mal die Wolken, die sind doch gut gelungen, nicht wahr!?"

„Argh" bemerkte jetzt Munin.

„Typisch für krumme Vögel, da lässt man euch an etwas teilhaben, das für uns Schöpfer immer wieder, eine Herausforderung ist. Denn es klappt nicht ständig, es kann so vieles passieren. Zeitkontinuen können alles mitreißen, ich habe schon Baustellen, samt sämtlichen Maschinen und Mitarbeitern in den Kernen verschwinden sehen. Ja Schöpfer die eine Reaktion nicht genau vorhergesehen hatten, sind in diesen Mittelpunkten verschwunden. Auf nimmer wiedersehen, ihren Schmerz - Sub Wellen und Schreie hallten teilweise Äonen, um die missglückte Neuschöpfung. Qualen unendlicher Art, als würde man Körper ständig, wieder in siedendes Blut werfen."

„Oder als würden Krähen wie Ihr, die Leber des Armen immer und ewig und fort aus dem Körper hacken und verspeisen, während der Gepeinigte bewegungslos alles über sich ergehen lassen muss. Ich glaube, in eurer Welt nennt man es die Hölle. Eine Konstruktion und Idee von meinem Cousin übrigens, der hatte enormes Feedback auf seine Projekte erhalten."

Die heile WELT Serie, den Bewohnern war es langweilig dort, extrem stumpfsinnig. Den alle hatten sich nur lieb, nahmen Rücksicht aufeinander und verstanden sich prächtig. So wie eine Art Garten Eden, nur nicht so öde und unlebendig, sondern schon eher modern. Mit Zivilisation Reizwäsche, Pornoringen und Batterie betriebenen Maschinen. Aber auch teure Chronografen für Handgelenke, welche die billigen Digitaluhren, mit der besseren Analogtechnik ersetzen. Was dann dazu führte, dass niemand mehr sagen konnte, wie spät es ist. Weil die Anzeige durch Zeiger, für die meisten zu kompliziert waren. Was ich sagen will, einigen Kids war es auf dem Perfektesten aller je geschaffenen Planeten so langweilig, weil es null Kriege gab. Kaum Morde, keine Einbrüche, Raub und dergleichen, nicht mal Vergewaltigungen oder leichte Schändungen, das sie beschlossen in der Zeit zu reisen, und zwar rückwärts und auf andere Planeten, wo es üblich war, das Menschliches, das Urmenschliche auszuleben.

Gar nicht mal, um selbst zu rauben, Morden, plündern oder eine Vergewaltigung wie einen Gang Bang zu inszenieren. Nein das bloße ansehen, zuschauen von Ereignissen, die man im Universe- Net nachsehen konnte, die dort mit Zeit, Datum und den Koordinaten hinterlegt waren, genügte ihnen. Außer den Hardlinern, die Spaß hatten solche Szenen, nach zu spielen und mit den Verbliebenden oder Hinterbliebenen, diese Massaker frisch und 100-fach grausamer neu zu inszenieren.

Das Hauptproblem wurde dadurch generiert, das es sich dabei um Eingriffe in die Zeit, also die Zukunft der jeweiligen Planeten, handelte. Auf welchen plötzlich wahllos Leute verschwanden. Dafür andere, mit denen niemand etwas anzufangen vermochte, am wenigstens sie selber, neu erschienen.

Das war dann ein ziemliches Geraffel. Natürlich wurden diese Kids geschnappt, wenn Sie in ihre Zeit, Dimension und Welt zurückkehrten. Weil sich alle ja lieb hatten, Hass, Argwohn und Rache quasi nicht existierten, blieben diese Verbrechen an ganzen Welten ungesühnt.

Was vielen Überlebenden nur gestunken hat. Es wurden Auslieferungsanträge gestellt und abgelehnt und das mehrte den Frust nur weiter.

Irgendwann bekam mein Cousin eine Anfrage, ob man da nicht einen Ort schaffen könnte, für äußerst unerfreuliche Geschöpfe, indem diese gefoltert, gemartert und grausam und das in allen Ewigkeiten, werden könnten. So erschuf er einen solchen Ort, der gleich nachdem er ihn sich, die Idee unter Copyright und Markenschutz, sowie Wortmarke als Patent, schützen lies alle Verkaufsrekorde brach.

Das Ding wurde der Hit. 85% der Schöpfer integrierten diesen Ort in ihre „Religion", weil man seinen Gläubigen, mit dieser Angst davor, mächtig einheizen konnte.

„Alles, was ihr beiden in Anbetracht, dieser Schöpfung zu sagen habt, ist Argh."

Beschwerte der freundliche schöpfende Mann sich.

„Aaaaaaaaaargh, bisher habe ich mir das alles nicht durch den Kopf gehen lassen, aber bald schon werden mir meine Füße durch den Schädel fahren. Denn ich realisiere Gravitation, Schwerkraft und die heißt so, weil sie mir schwer zu schaffen machen wird, wenn ich gleich da unten aufschlage" beschwerte sich Hugin.

„Aaaaarggghhh"

Bestätigte Munin, der dieselben Beobachtungen machte. Es gab da etwas, das sich den beiden wahnsinnig schnell von unten näherte, das man für den Erdboden halten würde, wäre dort der Geburtsort und könnte man aufrecht gehen und denken.

„Ich finde, Du solltest nicht so respektlos mit dem Schöpfer reden" keuchte Munin.

„Flehe ihn lieber an, den Boden da unten weich zu gestalten, einen Sumpf vielleicht" ergänzte der Rabe.

„Schlamm, Moor ist angesagt, vor allem in Schleswig Holstein, Wacken," erwiderte der Schöpfer, mit einer durchaus angenehmen Stimme."

„Wart ihr Mal auf einer GOA Party" fragte es aus dem buschigen Bart, der ein freundliches Gesicht umkränzte. Hugin und Munin sahen sich an und beide nickten mit dem Kopf. Da tönten die Klänge, Höhen und Bässe und es ward Harmonie. Es machte iiiitsch, und Krieeetsch Ippen bappen, wuppen Wappen und die Klangfelder überlagerten sich, bildeten Klang- Teppiche voller Ausgeglichenheit, teilten sich und überstrahlten, weidomisierten, frohluggten und taten wundersames, aber der KLANG, der war einmalig.

Hugin und Munin hörten auf zu fallen, sie schwebten dahin auf Schall Zeit und Raum und Hugin fragte sich, ob Stechapfel auf seiner Semmel war, er bejahte den Verdacht und sah, dass es gut ward.

„Hugin, ...

.... Ich habe da mal nachgedacht, wenn man Geschwindigkeit nachweisen kann und eine Position bestimmen, dann vermag man doch etwas dazwischen klemmen, das habe ich grad gemacht und deswegen haben wir aufgehört zu fallen"
Hugin war jenseits von gut und besser, er ist im GEILFAKTOR, völlig weggetreten. Was ihm offensichtlich Spaß machte, und zwar Gewaltigen. Hugin öffnete die Augen, was er sah, ward gut, er stand an einem Tümpel, einem mächtig Großen.

Nicht das Meer schon gar kein Ozean, ein See aber Seen sind rein, dieser war eher so, verschleimt, Grützig.

Es gab einen Strand und der war sauber. Neu, kaum benutzt, frisch ....

Die beiden Raben Odins, waren aufgekommen, wo ? ... ja das wüssten sie gerne selber, aber keiner fragte.

Ein langer Sandstrand, davor ein trübes Wasser, kilometerlang.

Hugin begann darüber nach zu denken, wie Landwirtschaft funktionierte, wie man Tiere domestiziert und über Molkereitechnik. Aber da von alle dem nichts Verstand, fragte er sich.

„Warum sind wir hier, am Morgengrauen der-Schöpfung, an diesem ... wo oder was ist das, wo wir sind?"

„Ein Tümpel, ein See und dessen Strand" antwortete Munin, schnell.

„Wir sind am Anfang.

„Von was," fragte Hugin.

„Von allem, vom Anfang von allem, der Beginn".

Die Wellen dümpelten seicht, kaum wahrnehmbar an den Strand, der so frisch, so neu und so wenig gebraucht dalag, vor jenem Gewässer, diesem dubiosen.

Da waren Sie, Hugin und Munin und der freundliche Mann, der Schöpfer all dessen.

„Im Grunde ist dieser Planet schon vormontiert worden, ebenso die ganzen anderen, das komplette Universum, wenn man so will" erklärte der Schöpfer.

„Wir haben in den Montagewerken ja nur begrenzten Platz, der zwar nahezu unbegrenzt ist, aber nur theoretisch und relativ gesehen.

Jeder Planet, Mond, Sonne, alles wird einzeln gefertigt. Dann bekommt es im späteren Raum Zeit Gefüge, und dem Universum an sich, eine feste Koordinate zugewiesen. Danach wird sie mit dieser Zahl invariabel verknüpft."

„Firmament Ozeanbecken und die Berge werden ebenfalls einzeln, entweder aus einer Kollektion vom Kunden oder wie bei mir als Einzelanfertigung bestellt, und wiederum fest den Koordinaten auf diesem Planeten zugewiesen. Teilweise müssen wir dann gewisse Balancen und Fliehkräfte testen, es gibt Himmelskörper Konstellationen, die sind 100-fach bewährt und erprobt, die können wir direkt an die Baustelle lie

Die beiden Raben auf dem Beginn

fern, andere Sonderanfertigungen, müssen erst einmal getestet werden."

„Der Saturn damals war ein Riesen Problem. Die Balance der einzelnen Eismonde so zu gestalten, dass diese auf einem Ring, den Mutterplaneten umkreisen, ohne ins All abzudriften oder auf die Oberfläche des Planeten zu knallen, war extrem schwierig."

„Vor allem Sondergrößen wie der Jupiter, machen Probleme, weil der Kunde diese Himmelskörper gerne hohl hätte, um genügend Bodenschätze, Öl Gasvorräte dort unterbringen zu können, was so einen Planeten dann aber gerne mal zu schwer macht. Auch müssen Blei, Gold und Schwermetalle in den richtigen Positionen eingelagert werden, weil der Planet sonst anfängt zu eiern. Bei der Erde hatten wir das Problem, das wir zu viel Last in die Arktis verlegt haben, weswegen der blaue Planet sich leicht neigt."

„Wir haben vergessen, das Gewicht von dem vielen Eis einzubeziehen in unsere Berechnungen. Das ist der Grund, weswegen sich die Erdachse neigt und der magnetische Kompass Nord, jedes Jahr wandert und der Richtungszeiger eben nicht genau auf den Pol zeigt, sondern den magnetischen Nordpol, Magnetkompassnord. Nun ja die Menschen haben aber gelernt, damit zu leben und nach vielen Jahrzehnten der Fehlnavigation, klappt das jetzt mit den Berechnungen und dem Wissen, das ein Schiff trotzdem genau sein Ziel findet. All das sind aber die Probleme, mit denen wir ständig zu kämpfen haben. Ja, jeder will Schöpfer sein. Die Menschen sehen nur die Vorteile, das kreativ sein, diese Macht zu haben etc. aber die Verantwortung, ja damit will dann keiner etwas zu tun haben, mit diesen Testreihen, diese vielen Vorschriften, all die Paragraphen, die man beachten muss."

„Dann der TÜV die machen es einem immer schwerer, die vielen Sonderwünsche der Kunden."

3. Marketing und wer Universen dann kauft.

Der Garten Eden

„Kunden, wer sind den die Abnehmer, wer kann sich den einen Planeten kaufen?"

Unterbrach Hugin den Monolog.

„Für gewöhnlich sind es Götter, ich bin ja kein großer Freund von denen. Aber die meisten der reiche Blagen, von vermögenden Familien, kaufen sich gerne mal einen Planeten oder bekommen einen zum Geburtstag. Aber single Welten sind eher selten, ein Gott, der etwas auf sich hält, der bestellt eine Galaxie oder ein komplettes Multiversum. Wenn in einem einzelnen Universum zu viele Allmächtige, an Strippen ziehen, das gibt nur Galama. Schaut doch mal eueren Planeten, alleine auf der Erde streiten der Christen Gott, mit dem Muslimen Allah und dem jüdischen Jahwe, dass Bemerkenswerte ist, es ist ein und derselbe. Aber das Problem, es ist eine art Gott GmbH mit zu vielen geschäftsführenden Teilhabern."

„Als Erstes bewarb sich, damals der Heilsbringer Jahwe, wir mussten, da so weit ich mich erinnere einen Garten Eden installieren, das war schwer, wegen der Flüsse mit Milch und Honig. Den Bienenstöcken und Kuheuter so zu kalibrieren und in diesen komplizierten Kreislauf einzubringen, dass es strömt, und zwar endlos. Vor allem wohin und ohne verschwendet zu werden. Alleine die Drainage für die Rückführung von Milch und Honig an die Quelle, um die Bienen und Kühe wenigstens etwas zu entlasten. Das war gigantisch und natürlich wollte der Kunde das dann nicht nach Aufwand bezahlen, sondern pauschal. So mussten wir uns etwas einfallen lassen, das dem Kunden entgegenkam, aber uns als Dienstleister nicht überforderte, finanziell."

„Wir haben mit dem Auftraggeber, der damals bei uns vorsprach, der dieses Eden unbedingt wollte, weil die anderen Götter hatten so was ja nicht, diskutiert. Das war toll und hast Du nicht gesehen, ... wir haben mit ihm einen Deal ausgehandelt, wir sagten OK, Du willst etwas Besonderes haben, aber Du kannst Dir die Betriebskosten nicht lange leisten."

„Denn es war ja nicht damit getan, Milch und Honig ständig zirkulieren zu lassen, indem man das Zeug von der Quelle durch die Bäche und Flüsse leitetet, um es an deren Ende wieder zurück zu pumpen.

Nein, der Honig war da einfach zu händeln, aber die Milch, nach zwei Tagen war die Sauer. Wenn viele Steine im Fluss lagen, wurde das schnell Butter und die Wasserfälle, oh mein Gott erinnert mich bloß nicht an die Wasserfälle. Unten angekommen, wurde das zu Sahne, die nicht mehr weiter fließen wollte, ein Scheiß sage ich euch".

„Da nahm ich mir diesen Jahwe, vor und sagte,

pass auf es geht ja nur um Prestige, Du willst vor den anderen Göttern oder Lenker nannten sie sich viele, glänzen, protzen."

„Ok wir machen Dir das, aber die Firma installieren in dem Garten, Holzgewächse darunter einen Apfelbaum, da sagst Du knallhart, Mietvereinbarung, wer von diesem Baum nascht, fliegt.

Jetzt müssen wir nur dafür sorgen, dass die Bewohner davon Naschen und schon fliegen die raus, und dieser Wahnsinn und diese Vergeudung an tierischen bzw. Insektenreichen Produkten kann aufhören. Ich fragte Jahwe,

„Alter, kannst Du das garantieren" und er sagte,

„Schöpfer kein Problem, denn ich forme diese Typen nach meinem Ebenbild und ich bin der Typ, wenn ich was nicht darf, dann muss es erst Recht."

Gesagt und getan, ja Jahwe hatte wahr gesprochen, es dauerte nur ein paar Tage und seine Ebenbilder die Menschen, wie er sie nannte, pflückten von dem verbotenen Baum, worauf dieser Gott die beiden ersten Homies dann rauswarf.
Vorher mussten wir eine sprechende Schlange konstruieren, was aber simpel war. Die meisten Teile hatte ich damals auf Lager. Sie stellte dann als hilfreich heraus, weil sie den Entwurf, der ersten Frau verführte. Erna glaube ich, hat sie geheißen, die sich mit dem Reptil angefreundet hat. Man munkelt, ihr hat die Länge und Form gefallen und das Adam so etwas auch hatte, nur

kürzer, dafür zwischen den Beinen.

Die beiden, ach nee Eva hieß die und ihr Adam waren 10 Minuten später draußen und wir konnten diese Verschwendung stoppen.

Ja bei den anderen Göttern hat dieser Garten Eden einen tollen Eindruck hinterlassen, da kam einiges an Bestellungen, wenn ich mich nicht irre.

Aber dieser Jahwe kam nur ins Gespräch, weil ein älterer Himmelsfürst, eigentlich war es eine Gott GmbH und Co KG, der griechischen Gottheiten Zeus als Geschäftsführer hatte, der Jahwe mochte.

Und weil Hades, Hera, Poseidon, wie sie alle hießen, komplett verzockt hatten.

Die waren schlicht pleite, die hatten die Erde ja von alten Göttern übernommen.

7000 vor Christus, vom Sohn Jahwe, dem haben sie die Erde einfach abgeluchst, aus der Konkursmasse.

Bis Jahwe dann den Laden Erde übernahm, musste einiges wieder neu renoviert werden. Vor allem war dieser Planet verdreckt unter anderem von den Dinosauriern, die gewaltige Häufen geschissen haben, aber auch Staub und Dreck allgemein. Weswegen Jahwe irgendwann die Erde mal so richtig abgewaschen hat, Sintflut, nannte der das damals, glaube ich.

Na ja, so um Jahwes Zeit, kamen dann asiatische Gottheiten. Die meisten gab es schon länger, vor allem diesen Buddha. Netter Typ, ich Treff denn einmal im Jahr bei den Aktionärsversammlungen.

Lange Rede gar kein Sinn, während die meisten Götter sich ganze Universen kaufen, mindestens aber, ein Planetensystem, können die vielen gescheiterten Gottheiten, die meist von Sozialhilfe leben, trotzdem von diesem allmächtig sein, Gott spielen nicht ablassen. Nicht nur auf der Erde.

Ja, da hat jeder nur einen Archipel oder die teilen sich Kontinente. Alleine in Asien, mein Kumpel Buddha, Allah und diese vielen Hindugötter, Ganesh ist einer davon, der ist jetzt mit der Schwester von meinem Boss verheiratet, teilen sich dieses kleine Stück.

Ein Durcheinander ist das und deswegen, ich mache da gar nicht´s mehr.

Ständig die Streitereien auf der Erde, welcher Gebieter der wahre ist, da ist jeder Gläubige anderer Meinung.

Das blöde für einen Allmächtigen ist ja immer, wenn er keine Anhänger hat.

Er braucht sie, zum Schikanieren, um ihnen zu erscheinen und Strafen anzudrohen, für diese

Der Garten Eden.

Bestellnummer 13 ED-1877 zzgl. Transportkosten und Montage

und jene Sünde.

Es sündigen ja alle.

Deswegen luchsen die Götter sich die Menschen gegenseitig ab, machen Versprechungen, ja bei mir kannst Du 10 Frauen haben, aber Du darfst nichts alkoholisches Trinken und so weiter.

Der Darauffolgende verspricht dieses und wieder andere jenes, vor allem für die Zeit nach dem Leben. Was clever ist, denn keiner, kennt jemanden, der schon gestorben ist und zurückkam. Oder es irgendwem erzählen konnte.

Wie toll es doch im Paradis ist. Andernfalls eben, nicht weshalb es wahrscheinlicher ist. Weil was soll im Himmel schon phantastisch sein? Vor allem diese Kälte würde mich wahnsinnig machen, außerdem ist da nichts. Ich weiß es ja 100%, da mein Spezialgebiet, unter anderem das Firmament ist.

Hugin erkundigte sich daraufhin beim Begründer.

„Sag mal, ich dachte immer, die Schöpfer sind Götter, die Menschen beten ja, mein Herr lieber Schöpfer oder näher zu Dir, mein Herr, wenn Du doch alles erschaffen kannst, hättest Du da keine Lust, selbst Gott zu sein?"

„Ja genau reizt Dich das nicht, Allmächtiger zu sein?" Hakte Munin gleich nach.

Der Konstrukteur antwortete:

Bei den Auflagen die Götter in ihre Bücher schreiben, kaum zu bewältigen, frei von Sünde zu leben.

Das wirkte immer.

Es hat etwas Deprimierendes, vor allem wenn man sich lieber entschuldigen würde, aber aus irgendeinem Grund nehmen einen die Gläubigen dann nicht mehr ernst.

Immer wieder diese göttlichen Strafen verteilen, ständig zornig zu sein, das bringt doch keinem etwas.

Außer den Pfaffen, denn wen man mal wieder erbost war und nahezu ein ganzes Volk geschlagen hat, verkünden diese Priester dann:

„Ja ihr seht ja selbst, Gott ist zornig. Wir könnten einen größeren Tempel brauchen, ja und Opfer, ein paar schöne Frauen und Gold, gebt reichlich sonst passiert Schlimmeres."

Oft erscheint ein Allmächtiger dann den Gläubigen von einem göttlichen Kollegen und fordert diese auf, jetzt an ihn zu glauben. Alle diejenigen, die dem nicht folgen, wird er erschlagen. Der andere Gott kommt dann morgens nach einer harten Nacht im Götterpub, in sein Zuhause und wundert sich.

Ich erinnere mich an einen Ort Walhalla, da ging ich immer gerne hin, weil es da so heftig abging.

... Er kommt zu sich, alle seine Gläubigen sind weg und da dachte er, ach was soll es, so ohne Anhänger ist das ganze Recht fad und öd. Jetzt in meinem Tal da, wieder neues Leben zu erschaffen, muss das sein? Nur das der Nachbargott mir die dann wegnimmt, ach nein. Außerdem ich war das ganze bestrafen, Donnern und Grollen schon recht leid und wie gesagt, wenn man nicht mächtig dafür sorgt das die Anhänger Bammel vor einem haben, hat man schon verloren. Alles muss man denen vorkauen, dann anweisen. Ich wollte ein Volk haben, dass sich eigenen Befehlen annimmt, diese weiterentwickelt. ...

„Oh Evolution meinst Du".

Unterbrach ihn Hugin.

„Eine gute Bezeichnung, das könnte ich gemeint haben, eben. Aber leider scheint es nicht geklappt zu haben."

4. Von Zauberern und Magiern

"Das gleiche Problem hatte ich mit Magiern. Solche Halbgötter, die in lächerlichen Gewändern und mit spitzen Hüten umeinander laufen, sich einbilden mit einem Fingerschnippen, um die halbe Welt reisen zu können.

In Wirklichkeit waren das nur verweichlichte alte Männer, die sich ständig über den Zustand Ihrer Füße beklagten, wobei ich zugeben muss, zu Recht!

Zauberer denken nur in Form von Büchern, riesige Bibliotheken spielen da immer eine Rolle. Unendliche Bücherregale sind in schwindelnde Höhen getürmt, Karteikästen in beängstigenden Dimensionen.

Bilder die einen mit den Augen verfolgen ein Muss, dabei so simpel zu entwerfen, keine Herausforderung. Von solchen Halbgöttern bekommt man nie vernünftige Vorgaben, immer nur so vage Andeutungen, sehr klischeehaft und meistens nicht lebensfähig."
"Aber können Zauberer oder Halbgötter die Magie anwenden können, nicht alles alleine erschaffen? Wenigstens eine grundkonstruierte Welt nicht nach Ihrem Willen und Vorstellungen selbst ver-ändern" fragte Munin interessiert, der dem Schöp-

fer fasziniert zugehört hatte.

„Nein, die können sich ja nicht mal vernünftige Universitäten oder Zauberschulen gestalten. Ständig bewegen sich die Wände, als wenn Fundamente und Fugen in den Mauern dafür geschaffen wären, sich dauernd zu verändern, höchstens organische Konstruktionen, da geht vieles."

„Wir hatten in der Uni, als Abschluss Arbeit die Aufgabe ein Fluggerät für interstellaren Fernverkehr zu konstruieren das komplett organisch sein sollte. Das hat Spaß gemacht und war lehrreich und vor allem hilfreich für die spätere Laufbahn als Konstrukteur und dann Schöpfer. Wir bauten das Schiff als Insekt. Gaben diesem Hexapoden, statt einem computergesteuerten Interface, samt aller Schnittstellen. Ein Gehirn, mit neuronalen Vernetzungen, das damals feinste vom mondänen, schneller als 5G Oder Ethernet 500, das Schiff wurde gut, sah aus wie eine Libelle, hatte Werte im Windkanal, sagenhaft bis Warp 12 schaffte Sie."

5. Organisches Raumschiff Kapitänin C. Racklette Und die Schlepper

„Sie" unterbrach Hugin,

„Eine Sie und Warp 12 konnte sie fliegen?"

Ja eine Sie und aber nein, nicht dahingleiten, sie konnte bis Warp 12 überholt werden, ohne das sie durch den Warpkernstrahl instabil auf ihrer Flugbahn wurde, die flog so was von gutmütig.

Das Tolle, in Gefechten war Sie sogar überlegen.

Sie musste nicht auf Befehle und Steuerimpulse von Fähnrichen reagieren, die sich in die Hosen geschissen hatten. Nein sie agierte selbst, denn es war ja ihr Leben, was glaubt ihr denn, wer sich besser verteidigt, ein Schiff aus üblichem Stahl und Quarzen und GFK oder ein Raumschiff, das sein Leben zu verlieren hat?

Eben, das Ding war nahezu unschlagbar. Wenn Sie Treffer bekam, konnte sich das Schiff selbst regenerieren, in ihrem innersten nahe der Steuer oder Kommandoeinheit, gab es eine Art. ... Jungbrunnen, ein Quell mit Badewannen, da war immer Ambrosia und Brunn ewiger Jugend am Fließen. Das hatten wir zu Massen im Lager liegen, weil es mal auf der Erde bestellt wurde, von griechischen Göttern glaube ich, die haben das aber nie bezahlt, also haben wir es zurückgehalten und ins Lager gestellt und dann vergessen.

Auf der Erde suchten Generationen von Forschern nach Ambrosia, diesem Jungbrunnen

Ebenfalls, weil diese Götter zwar keinen Zaster hatten, aber immer auf dicke Hose machten und in ihren Mysterien von „Hastdunichtgesehen" darüber berichtetet und auf komplizierten Steintafeln schwadronierten.

Na ja, wir haben das Zeug dann im Lager gefunden, stand neben so einem Ding, das man einen Gral nennt, aber im Grunde zu nichts nütze war, man konnte nicht mal draus trinken. Und ich glaube andere Studenten, die heimlich im Lager kifften, benutzen den Gral, als Toilette.

Ja in diesem Bad aus Jungbrunnen, welche das Raumschiff dann selbst produzierte, in von mir entwickelten Hormondrüsen direkt unter den Flügelfoliken, die durch das ganze Schiff in einem Adern und Lymphsystem umgewälzt wurde, angereichert mit Ambrosia.

Da fläzte sich später den ganzen Tag, Kapitänin Racklette, eine potthässliche verwöhnte Tochter von irgendeinem stinkreichen Arsch, der das Schiff bei der Uni in Auftrag gegeben hatte. Den ganzen Tag lag das faule Miststück da drin und seifte sich und befahl ihren MAD ...

„Maat, heißt das auf einem Schiff", belehrte

Hugin.

MAD, das ist englisch für blöd, Gaga und genau das musste jemand sein, wenn man freiwillig diese Kapitänin einseifte oder überhaupt im selben Raum Zeit mit ihr verbrachte.

Sie nutzte das Schiff nur, um irgendwelche Gnuffnuggen von Bartofröhn Liberia 2 aufzulesen. Welche mit einfachsten Schlauchschiffen, völlig überladen einen Planeten verlassen wollten. Der so was von verseucht, verdreckt, kriminell und gewalttätig war, nur um intakte Wandelsterne genau so zu verändern.

Fest in der Hand von irgendwelchen Fundamentalisten welche allerlei Gedöns mit ihren Völkern anstellten, die weder produktiv noch anderweitig nachvollziehbar waren.

Dabei ständig auf ein Buch pochten, die Bibel war es, aber glaube ich nicht nur, um dann zu einem Planetensystem verbracht zu werden, dem es recht gut im Multiversum ging.

Deren Bewohner allesamt anständig und fleißig waren, die Ihren Planeten sauber hielten.

Die eine hohe Bildung hatten und insgesamt geachtet und beneidet wurden, nur um dieses Planetensystem EU-O Toop, ebenso zu verdrecken, verseuchen, ins Chaos zu stürzen. Die Bewohner zu ermorden, indem Sie mit Lastgleitern in kulturelle Feste zur Winterzeit rasten und ansonsten zeigten, das Dank niemals Bestandteil des Denkens auf Liberia 2 im Bartofröhn war.

Leider hatte die Kaptinöse, wenig bis gar keine

Ahnung von Navigation. Später fiel mir ein, dass es meine Schuld war, denn ich hatte statt einem 360 Grad Kompass einen 2 x 180 Grad Kompass eingebaut, der nur von West über Nord nach Ost ging. Einer von den Scheibenwelten, diesen flachen, ich war mir sicher gelesen zu haben, in der Bibel, die Erde sei eine Scheibe.

Na jedenfalls wollte diese Racklette, diese Lebewesen nur retten, vor den Raum Goorms, den Wurmlöchern und Ektoplasma.

Laut dem interstellaren Raumrecht ja sogar eine Pflicht. Die Raumschifffahrtsordnung, in Anlehnung an die KVR schreibt in diesem Fall vor, die gestrandeten oder Raumschiffbrüchigen, direkt zum nächsten Hafen zu verbringen. Das wäre logisch, aber wegen dem falschen Kompass, ist die Racklette dann immer statt der 0,02 Lichtjahre auf den Raumhafen Tiflis, zu irgendwelchen Raumflughäfen eines stiefelförmigen Planeten geflogen, welcher 22 Lichtjahre entfernt war.

Zum Glück war das Raumschiff in der Lage, sämtliche Ausscheidungen, der CREW der Geretteten und sogar das Badewasser der Kapitänin Racket ständig zu recyceln. Und dem Versorgungsautomaten für Speisen, dem NUT-O-rivit zuzufügen, so das nie Mangel herrschte, an Proviant aller Art und Getränken, welcher der NUT-O rivit dann auf Wunsch herstellte.

Dieses tat er, indem er die Geschmacksknospen eines jeden Bestellers analysierte, unter Berücksichtigung der Tageszeit und des Blutzuckerspiegels sowie einiger weiterer Parameter.

Kapitänin C. Racklette
Im organischen Raumschiff FleXx

Dann exakt das ausspuckte, oder produzierte, was dieser im Moment am liebsten bestellen würde. Den Gast direkt zu fragen und um Eingabe über ein Bedienfeld aufzufordern fand ich damals töricht und zu simpel."

„Die haben auf dem Schiff, ihre eigene Scheiße und Pisse, ständig aufbereitet, immer und immerfort wieder zu fressen bekommen?" Regte sich Munin auf.

„Nein, natürlich nicht. Auch ihren Schweiß, abgeschnittene Zehennägel und vor allem das Horn an den Füßen, dann die Haare, Erbrochenes, der ganze biologische Kram eben, das Schiff hat ... und das ist doch das geniale alles naturreine 100% recycelt. Da wurde sämtlicher DNA Müll wieder verwendet. Am schlimmsten war aber das Badewasser dieser Racklette".

Hugin und Munin, saßen extrem achtsam und zusammengefallen beieinander und schauten sich höher konzentriert an, die Augen wurden groß, riesig und .... Kotzen wie die Reiher trifft es nicht, weil die beiden ja Krähen sind, die Raben Odins!

Der Schöpfer indes blieb unbeeindruckt, der Fülle und Gülle des Mageninhaltes zweier so kleiner Rabenvögel und berichtetet weiter.

„Das Raumschiff ist eben ein lebender Organismus. Absolut perfekt ans Überleben angepasst. Alleine diese Libellen Flügeltechnik, mit der das Schiff aufwärts, ab und seitwärts fliegen konnte, ohne den Rumpf in Lage zu verändern.

Natürlich gab es Probleme und Nachteile, wie

Badespaß mit Carola im Orga-Schiff

Zum Beispiel: Es konnte krank werden, Schnupfen Unwohlsein, Bauchschmerzen, Kopf und Gliederschmerzen. Dann produzierte das Schiff eine andere Substanz, kein Ambrosiajungbrunnen Geplörre mehr, das in die Wannen floss, sondern eher ein Vaporup ein Wick T-Oranisches und im ganzen Raumgleiter roch es nach Kampfer, ätherischen Ölen und so was gesundem eben.

Und das Schiff, weil es eine Kapitänin hatte, die den ganzen Tag ihre femininen (sicher waren wir nicht) Zellen abstieß in diesem Dauerbad, das Schiff mit Ihren Hormonen flutetet, wurde weiblich. Das wiederum hatte den monatlichen Effekt, dass ich mit „die Indianer im Zelt haben, der Erdbeerwoche" oder ähnlichen gerne umschreiben möchte."

„Das äußerte sich darin, das Schiff war übel gelaunt aus den „Quellen" floss nur schlechtriechendes Rötliches, Ambrosia mit irgendwelchen Brocken.

Was keiner recht mochte, die Nutri-O-vit Automaten produzierten nicht mehr alle Aromen, sondern nur die niemand gefielen. Das Schiff flog langsamer, weil sich dicke, bremsend wirkenden Baumwollballen, zwischen den Fahrgestellen und Ladeeinheiten des Raumschiffs befanden, um ein offensichtliches Leck in der Außenhülle, leidlich zu dämmen.

„Schade das es das Schiff nicht mehr gibt, wir waren damals stolz auf unsere erste Konstruktion, wir bekamen Preise und es half der Karriere.

Eigentlich wurde ich direkt zum Schöpfer

ernannt."

„Was ist denn mit dem Schiff passiert, sicher schippert es immer noch ruhmreich zwischen den Welten und rettet Raumschiffbrüchige, gesteuert von der furchtlosen Kaptinöse"?, fragte Munin.

„Quatsch, verwegen waren nur die Crewmitglieder, die den Anblick von Racklette ertragen mussten und die Baumwollpflücker, die sie ständig ermunterte zu, ihr in die Wanne zu steigen und mit ihr zu singen, „Juhhuhuuu... die Wanne ist Voooooolll, Juhuhuu die Wanne ist voll".

Irgendwann wurde es vielen zu BUNT, man baute auf der EUR- O 6 einen Zerstörer, wurde privat finanziert, ein Kommilitone von mir, hat den Sprühkopf entwickelt, tödliches Ding das, absolut effektiv. Die Paral 1, sah aus wie eine Flasche, eher eine Dose, wie diese Haarspraydosen wisst ihr, oder Mückenspraydose.

Sie war nicht sehr wendig und schnell schon gar nicht, aber sie hatten einen Sprühstrahl, unglaublich. Wenn die Paral 1 den Befehl bekam Feuer frei, da strömte Insektengift aus der obersten Düse, mit einem Druck das die Paral 1 zu rotieren begann ohne Ende, absolut tödlich. Man hat tagelang gefeiert, seitdem ist auf der ERDE jedes Getreidesilo, der Paral 1 nachempfunden und somit ein Denkmal.

…. „Atmen, atmen" …

Hol mal Luft Erbauer, wenigstens jeden dritten Satz mal, das sind ja alles interessante Aspekte und Schilderungen, aber ich mache mir Sorgen, ernsthafte" unterbrach Hugin den Schöpfer.

„Du bist für die ganze Hardware zuständig,

wie ist es mit Lebensformen, Tiere, Vögel. Fische und dergleichen, Menschen und so weiter?" Fragte Munin.

Das erfahrt ihr gleich.

Das Ende ..., im Gelände
FleXx vs. Paral I

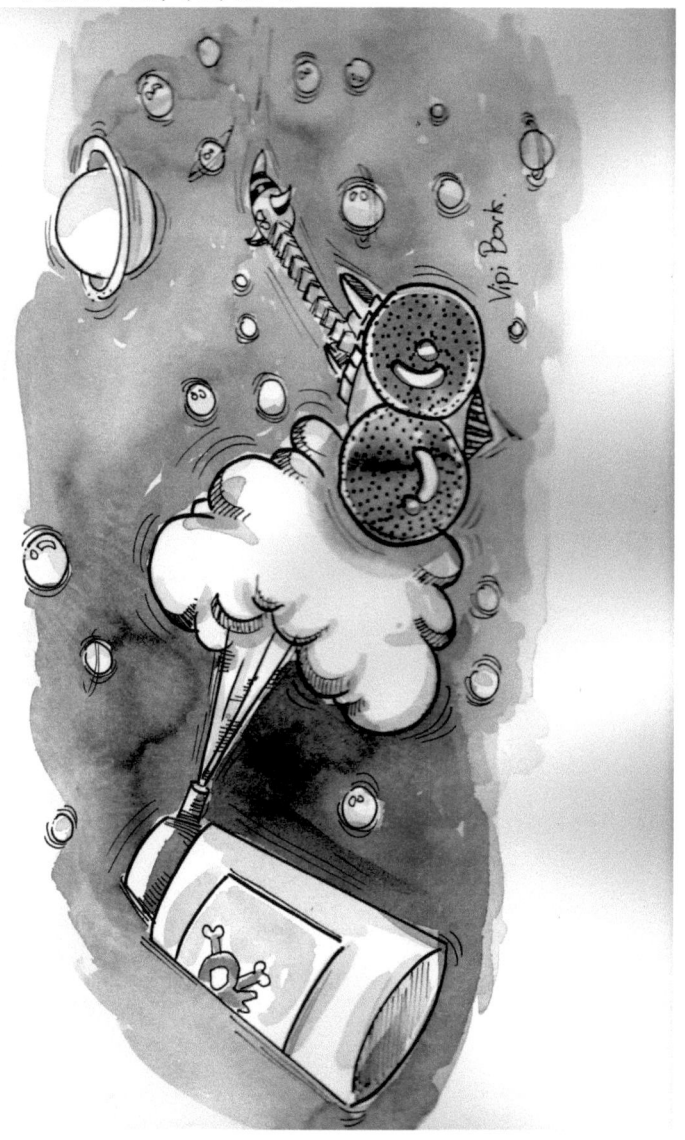

6. Die Erde, Version 11/7

„Wisst Ihr, die Welt und die Lebensräume zu gestalten, zu schöpfen ist Verantwortung genug, alles zu koordinieren, und viele der Allmächtigen sind unmöglich. Nehmen wir nur einen der Götter eurer Erde 11/7"....

„Wie, was unsere Erde 11/7, gibt es denn andere"? Echauffierte sich Hugin.

„Aber ja, schaut euch doch mal an, wie toll das Model Erde oder Terra, die Ausführungen Terra Luna und die Sondermodelle sind".

Der Erbauer machte eine Armbewegung, dann mit dem anderen Arm ebenfalls.

Es öffnete sich etwas am Himmel, das wie eine Leinwand oder ähnliches aussah, der Schöpfer machte einige Handbewegungen, dann knackste etwas, ein Bild erschien hoch droben am Firnament.

„Willkommen zu Ihrer Spec TRA Color Übertragung" und eine Melodie schwebte aus dem nichts, direkt in die Gehörgänge der beiden Raben.

Bilder von der Erde, dem Planeten, denn sie kannten, Blau, weiß und wunderschön, die sich langsam drehte. In einer Animation wurden einzelne Kontinente gezeigt, vor gezoomt, vergrößert.

Ausschnitte wurden gespiegelt und im Hintergrund erklärte eine wohlmodulierte Stimme, was zu sehen war. Welche Möglichkeiten von Rabatten, Abstufungen, Sonderausführungen und vor allem die bequemen Zahlungsmöglichkeiten und Zinssätze wurden hervorgehoben, gelobt und bei unvergleichlichen Beschreibungen, erreichte ein erregender Frauenchor des Käufers Ohr.

Ein langer Werbeclip über diesen Globus. Es wurde gezeigt, wie ein Grundmodell Terra 1/1 bis Erde 2/7 als Scheiben Ausführung, mit gebördelter Weltkarte, für die Ozeane mit einer Wasserrückführung, der über die Kanten tretenden Wellen, bestückt wurde.

Dann erklärte eine fachlich und kompetent klingende Stimme, wie man diese Erde, den blauen Planeten ab der Version 5/1 hauptsächlich Geoid, fast rund an den Polen aber leicht abgeflacht, umgestaltet.

Es wurde ein aktuelleres Design kreierte und die Kontinente komplett neu überarbeitet. Wie man dem Gesamt Erscheinungsbild auch ein neues, besseres, übersichtlicheres Layout mitgegeben hat und anderen Scheiß der Werbemedien Sprache.

Es wurden Bilder von glücklichen Göttern eingefügt, Gottessöhnen die mit ihren Welten spielten, Friede Freude und der übliche Quatsch. Beendet wurde das monumentale Epos, mit einer Kaskade an Sounddiamanten, deren letzten Tonteppiche wie Eiskristalle durch die Gehörgänge rieselten, und dann schloss sich das Schauspiel wieder von selbst und es war, wie es ward.

„Wooow" merkte Hugin an.

„Ja wooow" kommentierte Munin und der Schöpfer fügte hinzu:

„Wir haben insgesamt schon Version 47/11 Fertiggestellt. Welche zur Zeit für den Versand programmiert wird, bedeutet jedes noch so kleine Detail wird mit einer Koordinate versehen und dann durch ein kompliziertes System von Wurmlöchern, aber hauptsächlich durch die Raumkrümmung, an seinen Zielort verbracht. Wo Techniker dann die Hauptverbindungen prüfen und die Betriebssysteme hochfahren, alles kalibrieren neu justieren und in ca. 7 Tagen, ist Erde 47/11 zur Übergabe an seine neuen glücklichen Besitzer bereit, die dann mit dem Finishing beginnen."

„Wir bieten ja den kompletten Service an."

„Von der Planung, Ausführung, Durchführung allem, was anfällt. Komplettpaket wie wir Schöpfer es so machen und das ist immer mehr als die meisten der Götter Zustandebringen. Sogar Flora und Fauna, Lebewesen … egal ob humanoid oder Aliens sämtliche bekannten Gattungen, unser Sortiment ist unerschöpflich. Ihr findet bei uns alles und wir designen, nach Vorstellung völlig neue Lebensformen, Biomechanik ist zur Zeit angesagt, also Cyborgs mit Verfallsdatum, Krankheiten und Launen. Am beliebtesten ist das Model Lila, androgyner Roboter mit 100% echten Menstruationszyklen und den daraus resultierenden Launen oder Misslaunen."

„Ich persönlich bevorzuge Pflanzen mit künstlicher Intelligenz als Bewohner. Denn ich habe festgestellt, das Grünzeug in der Lage ist alles Mögliche, herzustellen, und zwar in bester Qualität. Ihr selbst habt auf eurer Version der Erde die tollsten Pflanzen. Bäume dienen zur Gewinnung von Baumaterialien, oder von Wärme, also Energie und zur Reduzierung von Verkehr."

„Vor allem wenn man an den Straßen Alleen Bäume pflanzt und den Fahrzeuglenkern die gerne ein Gläschen oder 2 trinken erlaubt in diesem Zustand zu fahren."

„Besser man verbietet es, denn dann machen es viel mehr von ihnen."

„Denkt an all die Pflanzen, die medizinisch wertvoll sind, deren Bestandteile in den bedeutendsten Vacinen oder Heilmitteln enthalten sind."

„Natürlich können Impfstoffe auch anders designt werden. Ein hässlicher Ugur aus der Pharmaindustrie hat das vorgemacht."

„Aus dem nichts, hat er mit seiner Firma Biodreck, eine DNA basierende Plörre auf den Markt geworfen.

Jahrzehntelang fand kein Labor der Welten, ein Medikament oder eine Impfung gegen Krebs, HIV und anderen Unbill. Trotz intensiver Forschung."

„Ugur hatte binnen von 3 Monaten etwas gefunden, dass von diversen Firmen sofort kopiert wurde.

Das war ein Geschäft, ein Geschenk an die

Pharmamafia."

„Wichtiger empfinde ich die Sorte der wirksamen Substanzen, welche die Population eher reduziert, gegen eine Überbevölkerung, produktiv eingreift."

„Nicht zu vergessen die Stimulanzien, wie Psilocybin, Meskalin und THC und weitaus bessere. Eigentlich bin ich der Biologie, dem ganzen Methabiologischen mehr zu getan, denn meiner Arbeit als Baumeister."

„Ich schöpfe meist die toten Dinge, füge sie zusammen und gestalte die physikalischen Gesetze, es ist so viel Mathematik, Physik, Statik und Zeugs. Wesentlich lieber würde ich mich dem Leben widmen, vor allem dem der Pflanzenwelt. Aber es gibt Dinge die getan werden müssen und die Auftragslage ist gewaltig, wir könnten Heerscharen an Schöpfern gut gebrauchen."

„Meine Auftragsbücher sind voll."

„... Atmen, Luft holen, ein und aus ... wo nehmt ihr nur den Atem her, ohne Unterlass zu reden, ich finde alles interessant, aber das macht mir Sorgen".

Fragte Hugin besorgt.

„Und ihr befindet euch im Moment genau auf 47/11 – AUS. 63, der 63 Version und Überarbeitung des Kontinents Australiens."

„Den wir mit etwas Verspätung nachsenden müssen, was dann wieder zu Komplikationen führen könnte, weil AUS-63 sperrig ist, zum Glück sind unterhalb des Äquators in der südlichen Hemisphäre, weniger Landmassen".

„So das wir hoffen, dass es ohne größere Kontinentalplattenverschiebungen und Problemen vorangeht."

„Die Corioliskraft läuft dort genau entgegengesetzt, wie alles andere, so das wir guter Dinge sind, das es reibungslos vonstattengeht.

Nur, Komplikationen sind eben zu erwarten. „Aber wieso denn was machen wir hier, das ist ja alles Baustelle, Sand und Dreck" mokierte Munin sich.

„Mir wurde zugetragen das ein Rabe Odins, ein guter Kunde von uns, der merkwürdige Zahlungsgepflogenheiten an den Tag legt und eher einen rauen Umgang pflegt. Sich wünschte an einer Schöpfung und wie das Ganze vor sich geht Teil zu haben, da wollte es jemand genau wissen".

„Waaa Waas I iiiich?" Fragte Hugin,

„das war doch nur so dahingesagt, wie man anderes so dahinsagt".

So kam es von Munin zurück.

„Pass auf, was Du Dir wünscht", donnerte der Schöpfer.

„Aber wenn ihr beiden schrägen Vögel schon da seid, zeige ich euch gerne mal, wie so ein bewohnbarer Planet entsteht."

„Gleich drüben in der Halle dort, wird ein Klasse V Wandelstern entstehen, keines der

Erfolgsmodelle wie die ERDE, aber ein klassischer Mittelklasseplanet."

„Der wird hübsch und den einzigen Gott, der ihn für sich bestellt hat, den kenne ich schon ewig. Ich hätte gerne mehr Kunden wie ihn."

Der Schöpfer trat beiseite, um einem Gleiter Platz zu machen, der lautlos angeschwebt kam, die Flügeltüren öffneten sich und der Besitzer sprach stolz,

„Ich lebe wie ein Eremit, nur der Arbeit zugetan, aber diesen geilen Cermedes SL Flügeltüre, den gönn ich mir, steigt ein, klopft eure dreckigen Krallen ab".

Er sprach es und machte sich auf den Weg, in die Halle daneben. Nebenan das hört sich jetzt wie Nachbarschaft an, nach Nähe, kurzer Distanz.

Was es in Schöpferkreisen war, aber für uns sterbliche die auf dem Model ERDE 11/7 leben, ist der Begriff nebenan als wesentlich kürzere Distanz, in den Hirndatenbanken verknüpft.

In des Konstrukteurs Kreisen ist dieser Gedanke eher vergleichbar, mit den angeblichen Mondreisen, zu unserem Trabanten.

Welche dann das Budget sprengten, als die ganze Dekoration in dem Moment umfiel, als Neil Armstrong die Fahne in die Erde rammen wollte. Aber den Fuß seines Kollegen erwischte, der vor Schreck, umfiel und die komplette Kulisse umriss, worauf man den ganzen Mondlandemumpitz nochmals von vorne drehen musste.

Was aber nicht überzeugender war als die 548 Takes in 663 Szenen, was ebenso unglaubwürdig ist. Genau wie die 4 Schatten auf dem Mondboden und vielen anderen Ungereimtheiten. Ja Hollywood erlebte erst danach seine Blüte oder trotzdem.

Wir als Erdenbewohner, ebenso.

Wir müssen uns jetzt aber vorstellen, dass die beiden Helden und der Schöpfer mit der Halle nebenan, ein Gebäude meinen, in der ein Planet gebaut wird. Der zwar nur 2/3 der Größe der Erde hat ... aber lasst das mal auf euch wirken, ihr die ihr die Marathondistanz schon für unzumutbar haltet oder den Weg zur Arbeit.

Was mir genauso geht, weshalb ich dieses Buch schreibe, damit ich eben zu Hause bleiben kann.

Für mich sind diese Distanzen unglaublich. Unsere mangelnde Vorstellungskraft für eine solche Entfernung, vom Konstruktions- Dock 11/7 AUS 63 zu einer Halle mit der Bezeichnung Beteigeuze 19/12- Wombat, sollte uns nicht täuschen. Sie ist GIGANTISCH und doch nur 10 Minuten mit einem Cermedes-SL-Flügeltürer entfernt.

Aber selbst ein Transporter wie ein S-print ER benötigt selten mehr als 17 Minuten, dazu ist die Distanz doch zu lächerlich. Zu Fuß würde ich den Trip dann nicht empfehlen. Neben mangelndem Sauerstoff zwischen 2 Konstruktionshallen, liegen meistens, 3-4 Paralleluniversen und diverse Zwischenwelten, die zu Fuß nicht nur unpassierbar sind, sondern ca. 13 Millionen nein Milliarden Jahre Fußmarsch bedeuten.

Zeit spielt im Kosmos der Schöpfung absolut gar keine Rolle. Vor der Entstehung der ERDE existierte dieser Ort schon 44000000000000000000000000000000711, 17195430 Univers Jahre und dann nochmal einige Millionen und ein paar zerquetschte Kalenderjahre , 137 Tage, 12 Stunden, 21 Minuten und in dem Moment, wo ich diese Taste tippe... Augenblick...... 10 Sekunden PIEP.

7. Das Konstrukt

Die Dimensionen sind gigantisch, sie sind lächerlich, abgesehen von der Weise der Betrachtung und der Methode des Reisens. Ja aber abhängig von Tagesform, Lust, geistigen Intellekts und Auffassungsgabe zum Zeitpunkt des realisierend einer Information wie dieser.

Der Schöpfer und die Raben Odins waren in null Komma nichts vor der Halle angekommen.

„Tretet ein, nachdem ihr ausgestiegen seid, meine Gäste, hier zeige ich euch, den Beginn, jeder Schöpfung."

Hugin und Munin traten ein, in eine Kollosale Halle.

Irgendwie musste irgendwer die Perspektive angepasst haben, denn was die beiden Raben sahen, war gigantisch, eine Straße für die Fertigung von Planeten.

Da waren, dies zu beschreiben, sprengt sogar die Vorstellungskraft meiner Imagination. Nein nicht der Vorstellung, sondern der Möglichkeit eine Phantasie in eine Form des Erzählens, begreiflich machen, diese durch visuelle Fiktion zu erreichen.

Vor den beiden Krähen lag die Konstruktionshalle, der Schöpfung ... nicht einer, sondern ALLER!

Der Schöpfer indes begleitete die zwei Raben jovial in ein Glasbüro, in der neunzehnten Ebene, von, woraus ein Überblick gegeben war.

Er erklärte ….

„Das, was ihr hier seht, ist das Konstrukt …. der Rohling, wir nennen es den Raster. Schaut, überall sind Linien, vertikal und horizontal, das hier ist die Grundansicht".

Er schaltete und ein grobes Raster oder Koordinatenkreuz erschien, dann bewegte er einen Finger nach rechts, das Gitter wurde feiner, das Kreuz enger. Er tat es erneut, das Gitterkreuz war fast kaum zu trennen, überall wurden Funktionen eingeblendet, es gab Marker, Einblendungen und Hinweise. Angaben von Höhe Tiefe und Entfernungseinblendungen.

„Dieses Konstrukt, fräsen wir im Moment aus. Es werden die Tiefenlinien definiert und dann ausgefräst. Die Teiche, die Flüsse, die Niederungen, die Seen, Meere und Ozeane, außer bei den einfacheren Welten, ohne Leben oder mit eben etwas speziellen Bioformen. Aber bei 13% der Bestellungen wird Wasser immer eine Rolle spielen, vor allem die wohlhabenderen Götter bestehen darauf. Das ist wie, bei euch auf der Erde 11/7 da hat jeder, der etwas auf sich hält einen POOL, die wahre Bedeutung von Wasser wisst jetzt, Statussymbol nix sonst."
„Beispiel, Gott xx bestellt sich den Burner, das Erfolgsmodell ERDE. Dann könnt ihr wetten das er einen Himmelskörper der Deltaklasse bereits gekauft und performt, hat, dort eine Villa steht,

mit Panoramafenstern, von denen man einen erstklassigen Blick auf, na ..... klar diesen blauen Planeten hat. Deswegen dreht sich die ERDE doch, damit ein Besitzer von seinem Ausblick aus, der Schönheit dieser Kugel, in seiner Gänze profitieren kann, indem er sie tagelang anstarrt."

„Das Geniale in nahezu allen 64 Ausführungen ohne die Sub und Kontinente, dreht sich die Erde an nur einem Tag, einmal um sich selbst, so das der stolze Besitzer von seinem Nachbarplaneten seinen Gästen den kompletten Umlauf zeigen kann. Und der hat es in sich. Wolkenformationen, Unwetter, Tief Hochdruckgebiete, Vulkane und sogar die Stadtautobahnen von Belgien kann man erkennen".

„Da wären wir bei dem Thema Schwierigkeiten" schwadronierte der Schöpfer.

„Es sieht ja so leicht aus, so gediegen und wenn alles fertig ist sowieso, aber was dahintersteckt, das will keiner wissen, am wenigsten die Kunden. Da wird immer nur gesucht, wo man den Preis drücken kann, und reklamiert, es ist grausam."

„Die CHIN aus dem E Univer - SEN , bauen in halber Zeit, doppelt so große Planeten. Ja mit jeden Schikanen, mit allem was die modere Baukunst so bietet. Allerdings sieht man ihnen ein wenig bis enorm diesen chinesischen Charme, das billige an."

„Zu welchem Service und in wessen Qualität? Bei uns hat so ein Luxusplanet wie die Erde, eine Garantie von 3-5 Tausend Millionen Jahre, kommt auf die Galaxis bzw. das Universum an. Wenn ein Kosmos in 2 Milliarden Jahren kollabiert, weil es so bestimmt ist, dann reißt es jeden Planeten, Mond und Gasriesen mit sich, egal wie lange die sonst so vor sich hinwumpern würden."

„Diese Garantie geben wir, die gibt es automatisch. Anders als bei den CHIN aus den E Univer SEN , da wird immer nur versprochen."

„Aber gehalten?, Gut sie sind schnell, wo wir 2-10 Millionen Jahre bauen, erledigen die es in 0,5 bis 2 davon."

„Die Preise sind unschlagbar und die haben fertige Produkte, Monde sogar im Lager. Aber dann, wenn man genau hinschaut, das Wasser z.B., wird der Planet ausgeliefert, ist oft das ganze Wassersystem bereits umgekippt. Man muss alles tauschen, ok das ist in der Garantie, aber erstens welche Verschwendung und dazu kommt, die Verzögerung, denn im Wasser entsteht auf den meisten Planeten das Leben, wenn dann erst mal diese ganze Ursuppe wieder ausgetauscht werden muss. Da sind locker 10 bis 40 Millionen Jahre weg. Das ist auch für einen Gott eine Zeitspanne. Dann kommen hier eine Millionen Jahre dazu, da 10-20 Epochen, so und so weiter."

„Ja, die Kunst betreffend, was nützt mir das Rokoko, in der Zeit, in der die Menschen Handys benützen??"

„Ja, wenn man ständig Angst haben muss, der Planet detoniert oder kommt aus der Bahn, da wird so viel gepfuscht. Ich sage immer, gutes Handwerk braucht seine Zeit, die Meeres und

Ozeanbecken sollten langsam gefüllt werden, nicht mit Druck, da muss Leben in Zellen, die sollen die Chance haben, sich zu teilen, zu vermehren, zu mutieren und so weiter."

„Was diese Zellen dann halt so tun. Bei den Chin läuft es so: Hochdruck der Ozean ist in 26 Stunden voll, parallel werden die anderen Becken ebenso schnell geflutet, dann mit Druck nachgeholfen das die Flüsse vom Meeresdruck Wasser ziehen, für die Seen und die ganzen Binnengewässer. Da lebt NIX und wenn da Zellen verbleiben, sind die entweder permanent schwindlig, oder anders deformiert, lebensunfähig."

„Da muss man nicht am Ufer sitzen als Verfechter der Evolution. Wenn den Planeten mal kein Gott gekauft hat, sondern ein Öko, sich hinsetzt und wartet, bis aus den Meeren mal Leben hervorkriecht, das sich an Land begibt und dann weiter entwickelt. Diese Organismen sind meist froh, wenn Sie im Meer länger als 2 Tage oder längstens eine Woche überleben."

„Höher progressive Formen Fehlanzeige, da entstehen nicht mal Chinesen, falls der Ökokunde dort Humanoide ansiedeln wollte, in seiner Welt, dieser Traumwelt."

„Vor allem haben diese Billigwelten einen anderen Nachteil, der Zeitdruck."

„Bei uns seht euch das Raster an, extrem engmaschig kann ich es aufrufen, jedes Quadrat wird einzeln angefüllt, bis diese Schicht abgearbeitet ist, dann kommt die nächste, Wasser wird nachgeflutet, Erdreich … Bodenschätze, alles vorher berechnet und so wird es gebaut."

„Klar hat es Nachteile, nicht immer funktioniert es, aber es bleibt."

Bei den Chin, heißt es „No Propläm Sir", dann kommt großes Problem, wer bitte sagt mir wer, will direkt an seinem Garten ein schwarzes Loch haben oder ein Wurmloch, wo alles verschwindet.

Ich hatte mal ein riesiges Wurmloch in meinem Keller. Na ja so groß war es gar nicht, 30 cm grob geschätzt.

Darüber habe ich einfach eine Toilette konstruiert und war einige Probleme erst einmal los.

Einen Monat später wollte ich eine alte Kiste vom Dachboden holen und stellte fest, dass andere Ende des Wurmlochs, war genau da oben, diese Sauerei ….!

Qualität ist unbezahlbar, unsere modele und Konstruktionen kosten sicher einen Tick mehr, als die der Chin, aber wir wissen eben, was Niveau ist. Nicht nur Schicht für Schicht auftragen, sogar das Wasser ruht, damit sich eine Menge an Urformen bilden können, da wird nichts gequirlt, um schneller kurzweiliges „Leben" zu generieren, nein wir produzieren echtes Dasein …."

„Ja wie denn … das würden wir gerne mal sehen."

Fuhr Hugin dazwischen.

„Später alles zu seiner Zeit, ich werde euch nachher zu olé bringen, meinem Sohn. Der befasst sich mit Kreaturen jeglicher Art. aber erst

Vorsicht, bei Wurmlochbildung im Keller.

mal erkläre ich euch, das bedeutsamste, im „Erschaffen einer bewohnbaren Welt.

Das Bedeutendste ist und bleibt die Koexistenz der Gegensätze, die Elemente."

„Wasser ist signifikant, aber genauso wichtig ist das Feuer, das im Inneren. Ansonsten würde es kalt, das Weltall ist konstant 0 Grad Kelvin, egal in welchem Universum."

„So fügen wir heiße Kerne in die Planeten mittig ein, das führt zu folgenden Problemen, wir benötigen Kamine. Ihr nennt das dann Vulkane, auch Geysire sind Schornsteine, aber eigentlich und wiederum, etwas völlig anders, es sind eher Druckausgleich Ventile, wie sie jede Ölheizung bei euch auf Erde oder Terra 11/7 hat."

„Dann die Polkappen mit dem Eis, das sind die Konvektoren, im Grunde funktioniert jede Welt, wie ein Eisschrank ..... denkt in diese Richtung."

„Wie ein Kühlschrank" äffte Hugin den Schöpfer nach.

„Na klar, jeder Eiskasten hat eine warme Stelle, die Pumpe, da wo das Gas verdichtet wird, da heizt ein Kühlmöbel, diese Rippen.

Heizrippen sind außen an der hinteren Seite, während die andere Seitenfläche, der Konvektor innerhalb des Kühlschranks ist, dort expandiert, die komprimierte Luft das Gas besser und saugt die ganze Wärme an ... und kühlt. Ja so funktioniert es.

Jedes kleine Objekt, alles Größere und auch Planeten benötigen eine Koexistenz von Gegensätzlichen.
Der heiße Kern im Mittelpunkt des Himmelskörpers, nach außen hin immer kühler, die Atmosphäre auf der Erde z.B ist der Umkreismittelpunkt, aber je weiter du aufsteigst zum All, desto kälter wird es wieder.
Mittelpunkt der Erde paar Millionen Grad das All im minus. Aber es gibt mehr Negativ in der gesamten Masse, als Plus, durch die heißen Planeten Kerne.".
„Was genau faselst Du da, alter Mann ... Mittelpunkt Erde, All"
Schnarrte Munin dazwischen und der Schöpfer setzte wieder an.
„Das mit diesen inneren Kerntemperaturen, das muss bei einem bewohnten Planeten schon sein. Gut auf einem reinem Fabrik und Industrieplaneten, wo man nur ackert, rackert, sich verbiegt, abends billigen Entertainment beiwohnt und sich nur für Black Jack und Nutten interessiert. Oder den Bergbau Asteroiden, die reich an allen möglichen Schätzen sind, von denen dann die Rohstoffe für neue Planeten kommen ...."
„Häääh, ihr baut Planeten oder Asteroiden, die voller Wertstoffe sind nur damit diese Wert und Rohstoffe, dann für andere Himmelskörper wieder aus diesen abgebaut werden, das ist doch unnötig" fragte sich Hugin etwas lauter, als er dachte, denn der

Schöpfer übernahm gleich wieder.
„Im Grunde ja, es ist so unnütz, wie Himmelskörper oder Leben zu schöpfen, erschaffen. Am Ende stirbt das Dasein, nach kurzen Spannen, die Planeten bleiben meist länger erhalten als ihre Erbauer. Aber nicht alle, das gilt für ganze Universen, ich selbst habe schon etliche meiner Galaxien überlebt.
 Denke oft mit Wehmut zurück, denn nach dem Schöpfen, wartet man diese Universen ja regelmäßig."
„Man macht Upgrades, hat neue Ideen, oder manche Götter sind doch recht kreativ, und man ist überrascht, was sie aus so einem Ding machen. Die meisten gehen weniger sorgsam um, lassen Ungeheuer drüber weg trampeln, lieben es, wenn Naturkatastrophen ausbrechen, damit man ihnen wieder huldigt. Denn manche, fast die meisten Schöpfungen sind undankbar und ziemlich unzufrieden, wollen dies und das, Herr gibt uns, Vater unser im Himmel (welchem Himmel?) Und immer wollen wollen wollen."
„Hässlich ist das in der Ukraine, denn deren Präsident, der will alles. Jeden Tag hängt er am Hörer, ruft andere Staatsoberhäupter an und will was."
„Eines schönen Tages reicht es einen Gott ma, wenn er gerade keine Plagen mehr hat, das sendet er anderes Ungemach. Erdbeben z.B fast jede Auslieferung hat seismische Hydraulik installiert. Um es so richtig krachen zu

lassen. Dann wuselt jedermann aufgeregt hin und her. Die Priester murmeln wichtigen Schmonzes vor sich hin, stellen fest, das, nahezu alle Häuser zerstört sind und fordern im Zuge des Neuaufbaus gleich einen 3-mal so großen Tempel. Auch 5-mal so hohe Opferabgaben, um die Gottheiten, den Gott oder die Geister zu besänftigen."

„Vulkane sind ebenso prächtig geeignet um Angst und Schrecken zu verbreiten. Den heiligen Honto, verschiedene Feuer und Donnergötter, Erdgeister etc. die stehen auf diversen Zauber, unter 50 solcher Vulkane, ordern die keine Welt. Es hat ja massig Vorteile, diese Hitze in einem Planeten, sie dient als Heizung.

Man nehme mal auf der Erde Island. Geysire und all das warme Wasser. Damit heizen die auf der Insel, besser wäre, dieses Eiland erst gar nicht zu besiedeln, allein der Trolle wegen und wenn man mal in Reykjavik einen Urlaub verbracht hat, versteht man, warum auf der riesigen Insel nur ca. 300 000 Bewohner leben und die nur an den Küsten, was durchaus verständlich ist, wenn man mal ins Innere schaut, außer Moos und Grass wächst dort nichts."

„Diese Feuerspeier und Geysire, das sind technische Meisterleistungen. Alleine die Erdbeben Hydraulik oder die Blitzgeneratoren, sind simpel. Alles Technik, aber Vulkane da ist echte uralte Gewalt im Spiel, das ist Feuer,

druck ... alleine das viele Magma. Dieses unter Ausschluss von Sauerstoff über Milliarden von Jahren am Köcheln zu halten, ab und an mal aufsteigen zu lassen, damit es dramatisch entweicht, so dass Lava Städte verschütten kann, da braucht es massenhaft Know How."
„Mein Großvater hat die ersten Vulkane installiert, damals machte er viele Fehler und schon beim Abschleppen, früher war alles Manuel, da passierten so oft Unfälle, da war man froh, wenn so ein Planet an seinem Bestimmungsort ankam. Vor allem ohne zu überhitzen, zu verglasen. Da fingen die Probleme ja an, der ganze Druck musste erst gemessen werden, daraufhin reguliert, kanalisiert und so weiter."
„Bis so ein System dann rund lief, das dauerte, und ständig kamen Reklamationen und man musste hin und nachjustieren oder den Schadensregulierer schicken, weil dann doch mal ein Kontinent perdu ging."
„Man muss es richtig angehen, erst wird das Kaufobjekt geliefert, wie schon gesagt jedes kleinste Bauteil hat exakte Koordinaten, die hier am Raster errechnet und zugewiesen werden. Beim Versand wird ja alles in Materie verwandelt. Verschiedenste Grundstoffe und dann auf einen Schlag wird, der ganzen Batzen verschickt."
„Selbstverständlich unverzichtbar ist die Trägheit und spezifischen Besonderheiten der einzelnen Materiearten kennen. Dabei sollte

man exakt wissen, welche Sorte lang gestreckt/gezogen und kürzer ist und genau, wie lange sie unterwegs sind.
Alles muss gleichzeitig ankommen, macht ja keinen Sinn, wenn die Gebirge sich materialisieren und der Grund, die Basis nicht da ist. Versucht mal einen Kern, nachträglich einzubauen, das gibt ein Theater."
„Viele Schöpfer installieren alles gleichzeitig, weil die Götter das so wollen, wegen des Effektes. Aber ich mache da nicht mit, erst wird alles von Grund auf installiert."
„Ich bevorzuge ja die alte Methode, von gasförmig, zu flüssig und langsam verfestigen. Weil da kann man so viele Fehler, während dieser Phase korrigieren. Nachträglich Höhlen und Bodenschätze einplanen. Im Prinzip ist alles möglich, sogar eine Neuordnung, komplett neues Layout, auch den Kern kann man in dieser Phase mal tauschen.
Wenn dann alles erkaltet, sich die Moleküle anordnen neu strukturieren, kann sich Wasser bilden. Ich selbst gehe weiter, H_2O alle Betriebsmittel, wie Magma und eben H_2O kommen erst später, bzw. die flüssige Masse ist schon da, im und um den Kern, aber .... es ist inaktiv. Kalt, der Vorteil man kann, in Ruhe, nachdem alles ausgekühlt ist obenherum, die Ozeane fluten. Schön langsam und vorsichtig es ist wichtig, dass nicht zu viel Wasser eingeleitet wird, das ist teuer. Wenn man es über einen Rand ablaufen lassen sollte

oder wie bei modernen Runden Planeten später absaugen lässt."
Schön beobachten, wie die Fluten die Küsten erreichen, sofort die Tankschiffe anweisen halbe Lenzkraft und so füllen sich die Flüsse. Würde man es voll weiterlaufen lassen, würde der Pegel ja um den gleichen Wert steigen wie vorher, aber die Flüsse und Ausgleichsbecken, die Seen, sind ja schneller voll."
„Das kommt daher, das sie weniger Volumen an Wasser oder woraus immer die Ozeane bestehen sollen, haben. Es gibt sogar welche mit Gin, über denen Wolken stehen, die Zitronenscheiben schneien lassen."
„Beliebt die flüssige Stickstoffversion, aber die wird eher selten bestellt. Gerne für Messeplaneten oder für Shows der scholastischen Merengiten, eine Punk Rock Band denen das Zerstören der eigenen Instrumente und der Hotelzimmer zu banal ist."
„Die Pegel sind optimal, wichtig, vor allem wenn man Trabanten installiert, deren Anziehungskraft für die Gezeiten der Meere zuständig sind. Den diese Monde, ebenso wie der auf eurer Erde, ziehen das Wasser ja an. Genau gegenüber, auf der anderen Planetenseite fehlt diese Flüssigkeit. Wenn man sein Feintuning in einer ungünstigen Mondstellung ausführt, hat man später beim Übergabeprotokoll ständig Überschwemmungen oder elend lange Strände, die nie Wasser sehen."

„Es ist und bleibt schwierig, aber alles machbar, wie man ja sieht, eure Erde ist ein Musterbeispiel, leider veraltet, vom Konzept und der Technik.
Am Schluss, wenn alles harmoniert, dann macht es Spaß, die Magma und den Inneren Kern zum Leben zu erwecken. Das ist wie das allererste Mal einen nagelneuen Kaminofen einzuweihen. Man legt Kienspäne, darüber eine Trägerschicht, darauf erste dünnere Holzscheite, vorher wird er Kaminzug vorgeheizt, indem man Papier in die Ofenrohröffnung steckt, und anzündet, dann wird der ganze Barzel im Kamin entzündet. Die Scheite nehmen Temperatur auf, der Ofen beginnt zu ziehen und dann Fump, können die immensen Brocken später aufgelegt werden. Es knackt und knistert, bald ist es warm in der Stube. So leicht ist das im großen Maßstab nicht, da müssen dann jegliche Zündungen, alle Vulkane einzeln, ein jedes Vulkangebiet für sich, einmal gezündet werden. Das ist leicht, wenn die Feuerstellen auf Leistung gehen, erst dann kann der Kern im innersten zünden und in sich schmelzen. Weil die Kamine genauer Vulkane genug Zug aufbauen, natürlich muss alles abgestimmt sein und dann läuft es, paar Milliarden Jahre und im Nu, kann sich das erste primitive Leben im Ozean entwickeln, wenn es vom Kunden so gewünscht wird. Das ist wie in einem Aquarium, man kann nicht heute den

Behälter kaufen, Aqua reinlaufen lassen, die Wasserpflanzen rein tunken und gleich die Fische hinterherwerfen."
„Das Wasser muss ein paar Tage abstehen, erst jetzt die Pflanzen und jegliches erneut stehen lassen und warten. Wenn alles in einer Harmonie ist, dann kann man anfangen Fische rein, zu tun."
„So jetzt wisst ihr, wie man die Hardware schöpft, aber bestimmt interessiert ihr euch für den Rest, das Dasein und so weiter. Ole, mein Sohn der wird euch sicher gerne zeigen, wie es so entsteht, das Leben ....
„Atme, versuch mal, 3 Sekunden die Luft an zu halten, und dann schnaufe ein, aus- ein- aus und so weiter" sagte Hugin besorgt.

8. Leben vom Reißbrett

„Seht ihr dahinten, diese riesigen Zelthallen" fragte der Schöpfer.

„Logisch, hatte mich schon gefragt, was da so ist" kam es von Munin zurück.

„Da gehen wir jetzt gleich hin, zu Ole, wobei besser wir fahren.

Es ist weiter, als es aussieht, die Hallen sind monströs, wenn auch nicht annähernd so gigantisch wie die Raster Konstruktionshallen für die Himmelskörper aller Art".

„Wartet, ich muss hier erst Daten sichern, die Systemdateien in Speicher schicken und dann alles stoppen, außer den laufenden Arbeiten. Ihr seht, hier auf 11/7 AUS 63 werden gerade die Meerestiefgengräben gefräst und die Kruste bekommt jetzt den Härter, bis der ausgehärtet hat, bin ich wieder hier, lasst uns gehen".

Er sprach es und warf sich einen Umhang um.

Einen richtigen Überwurf, echt schöpfermäßig. So schritt auf seinen Cermedes zu, betätigte den Türöffner, die Flügeltüren entfalteten sich geschmeidig und der Gleiter verfiel in den Startmodus.

Hugin und Munin hüpften in den Fond und

kaum waren Sie in die Polster gesunken, beschleunigte der Bolide und presste die beiden tiefer ins weiche Elefantenpimmelleder, mit Ziernaht in Fahrzeugfarbe.

Der Schöpfer trat behände aufs Gas und schon waren Sie da. Sie stiegen aus und dann standen Sie vor einem Gestell, eher Gerüst, indem ein Nashorn zur hälfte fertig gestellt war. Das Exoskelett, die Innereien waren eingebracht, das vordere Teil mit dem hinteren bereits verbunden und Robotarme spannten Sehnen und Muskeln.

Ein weiterer Roboter zog die Adern, Venen Arterien ein. Alles, was zu diesem Tier gehörte, wurde mit einer Art Gaze, über den Torso gerollt und dann festgerubbelt. Kleine Nanobots entfalteten sich auf diesem Netzwerk, drangen in das Gewebe ein und begannen die Nervenbahnen, Muskelstränge und Adern und das Gewirr, an seine end und Anfangspunkte zu verbringen und zu verlöten.

Das Ganze ging so atemberaubend schnell und in einer solch harmonischen Choreografie, das Hugin und Munin der Mund, sorry Schnabel sperrangelweit offenstand.

Etwas weiter oben rechts und fast in der Mitte, sahen Sie eine Art, „dünnsten Faden" an dem Haken hingen.

Das Seil setzte sich in Bewegung und die ersten Aufhängungen erschienen, die mit etwas bestückt waren. Eine Art wattiger Klumpen, der beim Weiterfahren des Fadens, wie Gondeln aussah.

Die Befestigungen stoppten über einer Wanne, um jeden der Klumpen kurz einzutauchen, und am Ende des Bades kamen diese Brocken wie polierte Jade wieder hervor.

Dann ging es weiter zur nächsten Station, da stand jemand krumm gebeugt, ein Buckliger. Der aus Schubladen, unter sich, Fächern hinter sich und aus Tüten neben sich, in einer Kiste Objekte in hoher Geschwindigkeit herausholte, dass die Augen nur schwer folgen konnte. Diese Teile entpuppten sich als Beine und nachdem diese in den Klumpen verbracht wurden, zuckten Sie erst, dann zogen sie sich zusammen, krampfartig danach entspannten Sie sich wieder, das ganze 3-4-mal. Darauf bewegten sie sich synchron, während der Faden mit den Haken dran Sie weiterzog, zu einer Station wo ihnen ein haariges mini Fell in gelb Schwarz übergestreift wurde. Sie bekamen kleine Antennen oder Fühler auf das obere Ende, es folgten Insektenaugen, die eingeklebt wurden und ein Abstreifer holte sie vom Faden, sie rollten auf ein Band.

Alle lagen in der gleichen Richtung und dann wurden ihnen transparente Dinger an den Rücken geklebt, kaum zu erkennen, was das waren.

Es lief ja Ratz- Fatz. Einer nach dem anderen, wie in einer Fabrik, was es im Grunde ja war, rollte auf das Band, wurde ausgerichtet via Laser zentriert und dann wurden diese durchsichtigen schillernden Dinger auf der Rückseite an gelasert.

Danach verbrachte das Band die gelb-schwarzen Kugeln auf eine Art Gitter, wie ein Schachbrett nur ohne schwarz-weiße Felder. Sobald ein Karo gefüllt war, Ionisierte die Luft bläulich über dem Torso und die Dinger begannen zu vibrieren und dann konnte man es sehen, es waren Flügel, die sich jetzt entfalteten, langsam aufklappten und zu zucken anfingen.

Erst war ein dünnes Wispern zu hören, es steigerte sich, in ein sanftes Summen, ein richtiges Brummen, wie bei einem Moskito und dann wurde ein Grollen draus, alle Torsos hoben synchron ab und verließen das Gitter.

„Hummeln" erklärte der Schöpfer gelangweilt.

„Der Diesel unter den Insekten, hier ist die Fertigungsstraße für neu Kreationen. Wenn eine Sorte in Serie geht, ist die Produktionsstraße etwas breiter und das bedeutet das 45000-fache, aber wenn ihr das beeindruckend findet, dann müsst ihr erst mal die anderen Insekten Produktionslinien sehen.

Da wird im Spritzgussverfahren gearbeitet, ist fast alles Chitin. Nur Libellen und komplizierte Körperstrukturen werden nach dem Guss noch mal in einem Finishing, aufpoliert und immer weiter entwickelt.

Moskitos, Fliegen, all diese simplen Kreaturen, werden gespritzt und maximal entgratet. Absolute Massenware, mittlerweile kaufen wir 80% bei den CHIN, die produzieren die nach einem neuen Verfahren, ähnlich dem Drucken. Schaut mal da drüben,"

Der Schöpfer deutetet halb links und auf eine Farbenpracht, die ihresgleichen sucht.

Myriaden farbiger Blätter eins am nächsten, schimmerten im absoluten Bunt, auf einer Bahn, die an eine Rolle Papier in einer Rotationsdruckmaschine erinnerte.

Von der anderen Seite wurden längliche Gebilde zugeführt.

Es war aus der Ferne nicht so eindeutig zu sehen, aber nachdem diese bunten Blättchen per Ultralaser aus der Folie geschnitten waren und dem länglichen Gegenstand zugeführt waren, kamen immer 12 000 mal 12 000 auf ein Gitter. Sie wurden ausgerichtet bis ein blauer Ionenstrahl fächerförmig über das Netz strich.

Sofort fingen diese Blätter an, ebenfalls zu vibrieren, sie klappten nach oben, zitterten, dann falteten sie wieder runter und ...

„Menno Munin, das sind Schmetterlinge".

„Ja die stellen wir zu 95 % selbst her, wir importieren nur Kohlweißlinge und diese 0815 Flattergeister, dafür in enormen Stückzahlen. Aber die Kreativ-Abteilung besteht weiterhin darauf, dass wir sie selber herstellen, dabei immer neu Designen.

Lasst uns mal den Olé suchen, der ist bestimmt da drüben in der Halle neben der

großen, da ist sein Büro und seine Lieblingsfachbereiche, Design und neue Kreationen."

Die drei marschierten los.

An weiteren Gestellen vorbei in den Kreaturen in allen Stadien der Produktion steckten, hingen und gestaltet wurden.

Überall lagen Organe auf Tischen, die darauf warteten in die Torsi eingebracht zu werden, und Skelette standen vormontiert in der Nähe.

„Der Versuch, nennen wir das hier".

Meldete sich eine Stimme, aus dem Nichts.

Die meisten Produkte sind zwar schon uralte Designs, aber wir probieren immer etwas, zu verbessern, so mehr oder weniger.

Oft sind es Rückschritte, wie beim Menschen, so einigen Baureihen des Homo sapiens …

„Ich bin Olé, kann mal jemand hier dran ziehen?"

Eine Hand, die aus einem Nashorn Torso herausragte, deutete auf etwas, dass wie ein Nervenstrang aussah oder Muskeln.

Munin hüpfte dahin, nahm eine der Fasern in den Schnabel und zog dran.

„Heureka rief es aus dem Torso, es funktioniert, kann mich mal jemand an den Füßen Packen und hier herausziehen".

Der Schöpfer erledigte das. Man müsste annehmen, dass schmatzend, globbernde Geräusche zu vernehmen währen, dass der Körper glit

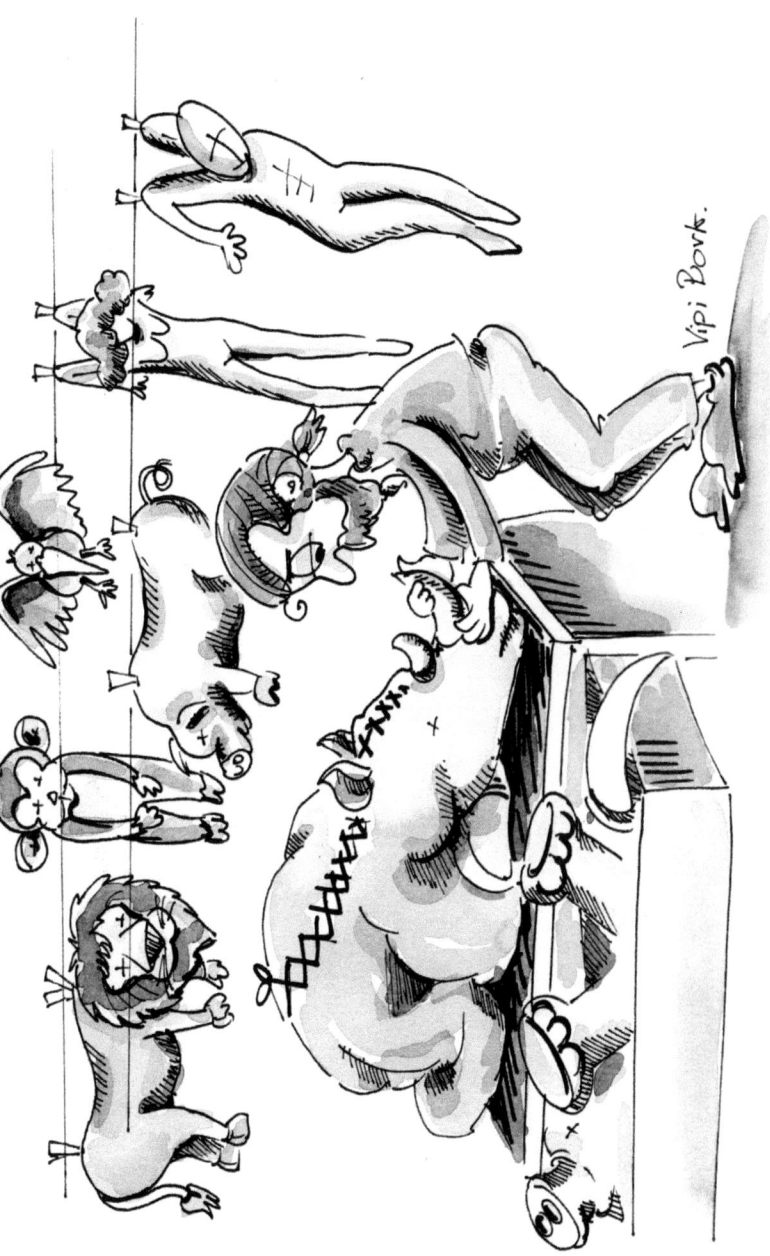

schend, flitschend dem Torso entgleitet, aber nichts dergleichen, nicht mal Blut oder andere Flüssigkeiten auf dem Ingenieurskittel.

„Hat irgendjemand einen Schwamm, irgendwer hat in das Nashorn gekotzt, dabei habe ich die Organe frisch kalibriert und jetzt ist das Interface.

.... Hallo Papa, dass Du einen Vogel hast, haben wir gestern auf der Schöpf COM festgestellt.

Wenn der Böörgrek den ich eben vor 20 Minuten gegessen habe, nicht schlecht war, muss es an dem neuen DNA-Cocktail liegen, dass ich da 2 Vögel sehe und was für schräge. Die sind ja authentisch!?" Äußerte sich Òle zur Situation.

„Die Schnäbel sind auch echt und gut geeignet, Augäpfelchen in kleine Stücke zu hacken oder den Schädel um das Gehirn zu schlürfen" setzte Hugin zu einer seiner Tiraden an, bevor ihn der Schöpfer beschwichtigte.

9. Die Raben des Odin und sein Walhalla.

Hugin und Munin, zwei Raben des Odin, alter Kunde von uns. Lies sich von mir, das Walhalla designen, entsprechend seinen Vorstellungen und Angaben, leider nach seinen Anweisungen, deswegen bewegen die sich dort, in einer fortwährenden Zeitschleife.

Jeden Tag der gleiche Scheiß, die Veteranen, die verdienten, treffen sich dort, um zu tafeln, zu saufen und um zu huren. Erzählen sich ihre Heldentaten, die sich mangels an neuen Begebenheiten, nie ändern, immer und immer und immer wieder.

Dann am Ende des Gelages, ziehen Sie in ihre alten Schlachten und sterben erneut, was eine der Voraussetzungen ist, um in das Walhalla zu gelangen.

Dabei wäre es so bequem gewesen, eine Stop and Preload Phalanx einzurichten, die sich bei jedem Festmahl Ende, neu kalibriert, Odin war schon immer stur, tapfer aber nicht der hellste Metschlürfer."

„Du meinst Wotan? Ja den ewig wütenden kenne ich gut, der einzige Gott der seinen Namen zu Recht trägt, ach der nennt sich jetzt Odin?" Stellte Òle fest.

Das liegt am Mittwoch, die einen auf der Erde nennen es den Wodanstag.

„Die anderen, Skandinavier glaube ich, von mir selbst entworfen und angepasst, sagen dazu Onsdag. Was das Ganze jetzt miteinander aber genau zu tun hat, ich glaube, das ist zu profan. Ja das ist der Kerl." Antwortete der Schöpfer.

„War der nicht auf einem Auge blind?"

Fragte Òle.

„Ach was weiß ich, der hatte da mit Mimir einen Deal, sein eines Auge für die Gabe in die Zukunft schauen zu können. Meiner Meinung nach kein schlechter Handel, für einen Gott, mit ansonsten beschränkten Fähigkeiten und vom....."

Munin unterbrach den Schöpfer brüsk,

„Odin war der bestbezeugte Gott der Geschichte, zumindest der germanischen Stämme und Völker, Alemannen, Lombarden, Franken und sogar die Fischer unter ihnen, die Angelsachsen." ....

„Das waren keine Fischer ..."

„Dann eben teeschlürfende Weicheier,..."

Der Schöpfer unterbrach den aufkommenden Disput.

„Euer Odin, seine Vita ist ebenso wirr und fragwürdig wie die des Erdendgottes, allesamt auf der Erde, die sich einen alleinigen Planeten teilen mussten.

Weil kein einziger liquide genug war, auch

nur einen nicht einmal großen, wenn doch gelungenen Planeten zu beherrschen, hatten diese extrem schlechten Legenden.

Der Rat hätte den Auftrag niemals annehmen und ich am Ende ausführen dürfen. Für die Erde gab es weitere potentere Käufer, echte Legenden, wie der Squarschi oder die Ulan-O-Ud Herrscher, die alleine ein einer Dynastie 44 Geschlechter vereinten, wenn auch nicht ganz ohne ...."

„Papperlapapp"

Unterbrach Hugin, den Schöpfer,

„was soll denn an der Lääääägääändääää unseres Herren Odin nicht passen?"

„Nun, ihr kennt die Legende der Kuh Audumbla, die leckte aus salzbereiften Steinen, den Riesen Bure. Der zeugte einen Sohn Börr, der die Tochter eines Koloss Bestla heiratete.

Die beiden bekamen den Odin, Vili und Vé, die aber keine Rolle spielten, eher so eine Art Stellvertreter Funktion.

Der Bruder Odin agierte und wurschtelte so bis zum Weltenbrand, heutigen Tages würde man das mit den Bränden in Brasilien und den australischen Buschfeuern erklären, an denen vor allem das branderstickende CO_2 schuld sein soll.

Ich weiß nicht, wer diese Göttin Greta sein soll, aber bei der stimmt nicht alles, beim Augenabstand mal angefangen. Jedenfalls die 3 Brüder Odin Villi und Vé begangen eine sogenannte Heldentat, sie zogen gegen den Hünen Yismir zu

Felde und erschlugen ihn.

Ja so ein Riese musste ganz schön bluten, denn das seine, überschwemmte die Welt. Jenen Lebensraum, die sie aus seinem Leichnam bildeten.

Ich sage euch einen Planeten in Menschen oder Riesengestalt gab es einige Male auf meiner Bestellliste, aber keine hat funktioniert, es wollte sich null Gravitation aufbauen lassen, auch ansonsten war alles extrem schwierig anzupassen. In meinen Augen Mumpitz. Die Erde hatte sich aus dem Kadaver Yismir gebildet. Ich sage Nein, nein, das war feinstes Material aus dem Quell-N-Versand, Universum 18 Epoxydharz, Silizium ohne Ende.

All die Gase, Metalle und natürlich das Gute H_2O in rausten Mengen, damit haben wir das Blau so gut hinbekommen, Leichen von Riesen ..." Der Schöpfer spuckte verächtlich aus.

„Das Nächste, was da so falsch behauptet wurde, das, die Erde in 2 Teile gespalten war.

Einmal in Feuer, das nannte man Muspelheim, ich erinnere mich an keine Muspeln oder Musplianer und dergleichen.

Die andere Hälfte in Eis, das war Niflheim, Nifln kenne ich ebenso keine, es würde auch wenig Sinn machen einen so perfekten Planeten wie das Model Erde, aus Feuer und Eis her zu stellen. Auch wenn mir der Ski Stuntfilm von Willi Bogner „Feuer und Eis" gut gefallen hat."

Hugin konterte,

„Dafür war Odin klug, er hatte Munin und mich, seine Raben was ihm den Namen Rabengott."

„Rabenmütter, Rabenvater, Rabeneltern ..... Rabengott, mein Gott, was für ein Gott,"

Brauste der Schöpfer auf und sogleich nahm Hugin den Faden wieder auf.

„Munin und ich erzählten dem Vater alles, was sich auf der Welt zugetragen hat, außerdem hatte er den Deal mit Mimir und konnte aus seinem Brunnen die Zukunft sehen ..."

„Odin, Ooodin" unterbrach der Schöpfer,

„Der Kerl, der sich ständig trunken gab, sich aus 2 Pokalen den Met von Mista und Rista, den Walküren reichen lies.

Der hat sich doch nur alles erkauft, sein Auge für die Gabe zu sehen, was klug war.

Aber an seinem Ende hängte der Lappen sich am eigenen Speer, an den Weltenbaum Yggdrasil. Dort chillte er 9 Tage ab, damit ihm Runen erscheinen. Na die hätte er in jeder Schriftensammlung downloaden können, der Lumpentunker.

Und in seinem Germanien, ha wehe dem der Elektriker ist und die Zeichen seiner Zunft 2 Blitze auf dem Kittel trägt, um erkannt zu werden.

Oder das Willkommen Sonnenrad, seit dem ein Österreicher diese Runen mit Pläsier nutze, geht das dort gar nicht mehr".

„Wie hat dieser Streit denn angefangen?" Lies sich Òle, vernehmen.

„Die zwei Raben Bauken da, wollen alles über Schöpfung wissen, denn Sie fanden auf einem Dach, Seiten der Bibel und einer der beiden wünschte sich nichts sehnlicher als ...."

„Höchstwahrscheinlich habe ich es mir nicht gewünscht, ich wurde, wir wurden verbracht, deswegen sind wir hier, die Bibel ist mir egal und überhaupt Schöpfung."

„Was diesen Odin angeht, habt ihr Recht. Auch sonstiges an Mär und Erzählung, was ihr auf jenem Model der Erde da glaubt oder annehmen wollt, eure Götter sind mit Verlaub die primitivsten im Multiversum, einer von Ihnen ist sogar so derart gestört ...."
„Papa, lass es Du weißt, wenn man über diesen Gott etwas Schlechtes sagt, dann bekommt man mehr Ärger, als einem lieb ist" intervenierte der Òle sofort.

„Auf der Erde nennen die anderen Religionen es, Toleranz üben."

„Recht einseitige Aufgeschlossenheit", bemerkte der Schöpfer.

10. DNA Daten Design

„Schaut mal hier drüben, da wird Biomasse oder die Desoxyribonukleinsäure kreiert.

Im Prinzip nur Dateien, Baupläne und Anleitungen, aber wenn Sie durch den Transformator - De-Strukt, eines der B-Uild A-Life Fertigungseinheiten geschickt werden, kommen die brillantesten oder weniger genialen, L-Oo-ser Lebenseinheiten heraus.

Diese testen wir dann auf unseren diversen Urwelten. Den Planeten, die ihre Garantiezeit weit überschritten haben.

Wir renovieren alles an abgenutzter Oberfläche, die Grundlagen und stellen den Ausgangspunkt wieder her, eher den Zustand, so wie dieser Planet funktionieren sollte und funktioniert hat.

Behauptet sich eine Schöpfung aus B-Uild A-Life Modul, lassen wir es wieder gegen andere Kreationen in diversen Tests oder Wettkämpfen antreten. Und zwar gegen weitere aus diesem Programm, die bessere Version gewinnt.

Die andere wird gelöscht, aber nicht nur Stärke und Gewalt kann gewinnen, diese Spezies stehen schnell am Ende einer dieser sogenannten Evolutionen. Siehe die Dinosaurier auf eurem Planeten, die waren riesig, schienen unbesiegbar und dennoch sie sind weg. Dagegen der Homo Homo sapiens, eine Entwicklung von Òle, auf die er mehr oder weniger, gar nicht stolz ist, obgleich diese sich am besten entwickelt hat, also die Spezies, nicht aber ihr Verstand".

Òle unterbrach an dieser Stelle.

„Den ich absichtlich, minderer bemittelt habe. Weil der Homo sapiens, also der Nachkomme des Homo erectus aus dessen DNA später dann das Viagra isoliert wurde um, dem eine Spur zu spröde wirkenden Model des sapiens, bei der Fortpflanzung etwas auf die Bahn zu helfen".

„Ich habe da Fragen", richtete Munin das Wort an Òle.

„Ich vernehme da den Ausdruck Vermehrung, ein Vorgang, der mir wohl bekannt ist. Der Baustein für die Philosophische Frage, des Seins oder Nichtseins, nach Shakespeare beziehungsweise für den unkontrollierten Akt der Begierde zu einem anderen Geschlecht, in meinem Fall das weibliche …"

„Dir reicht doch schon ein Rockfederkleid über einen Sägebock gehängt um …" Unterbrach der sogleich selbst unterbrochene Hugin.

„Fortpflanzung …" Nahm Munin den Faden seines Monologes wieder auf.

„…führt zu Nachkommen, wieso produziert ihr hier Moskitos im Spritzgussverfahren?"

„Wenn nicht alles in einem Guss ist, gerade bei euch auf der Erde, bleibt zumindest, der Spritz, ein Schuss Ejakulat, mit DNA geschwängert, an den richtigen Ort verbracht, das Leben verlängert.

Ja und für die anderen, weniger komplizierte Lebensformen verwenden wir Spritzgussverfahren. Ist billiger und effektiver als ausstanzen, fräsen oder gießen, wenn die Formen fix vorgegeben sind. Deswegen sehen Insekten, Fische, Würmer, Maden, Käfer immer gleich aus, wie gegossen halt und Homo sapiens eben nicht. Deren differiertes Erscheinungsbild ist mehr strukturiert, das Programm komplizierter, Blah.

Viele der Götter, die mich beauftragen, verlangen nach der Krone der Schöpfung, ja da weiß unsereins, Lager IV dritte Reihe, oberstes Fach, da stehen sie dann, die Gottgleichen, die Klone. Das komische an alledem ist ja, auf eurer Erde hat es so viele Götter. Deren Legenden so was von zweifelhaft sind, aber die Produkte und Ebenbilder eben, die sehen nahezu gleich aus.

Ok an Farbe und Gesichtsform, gibt es Variationen, von Schwarz bis Weiss, über Rot und Braun, meist aber chemisch erwirkt durch Selbstbräunungscreme."

„Ich habe nie verstanden, warum der Homo Homo sapiens immer das will, was er nicht hat.

Nehmen wir den Negriden, der möchte weiß sein, der Kaukasier strebt via Solarium und Bräunungscreme nach Farbe, der Gelbe findet ebenfalls Weiß chic und statt Selbstbräuner konsumiert dieser whitening Produkte." Unterbrach Hugin.

„Ja und die breitnasigen, wollen unbedingt eine schmale, lange Nase auch wenn diese für deren Umwelt und andere Einflüsse sowie das Erscheinungsbild der Gesichtsphalanx gar nicht so konstruiert wurde und das mit Absicht" stellte Munin in den Raum.

„Ja, die Locken z.B, also diese DNA Struktur im Haupthaar, die sie extrem haben, wollen sie nicht. In Afrika sind Haarglätteprodukte der Burner, während Asiaten die mit glattem Haar gesegneten, Locken wollen."

„Ach ja die Dauerwelle, was Wasserstoffperoxid alles kann. Haare bleichen, aber auch die Struktur im Haarschopf selbst verändern, dabei ist das so billig, dieses Abfallprodukt ... Ja, die Götter der Erde. Die wissen eben nicht, was sie wollen."

„Schaffen Leben nach ihrem Abbild und die Ebenbilder möchten dann aussehen, wie ein anderer Gott sie erschaffen hätte, außer die Inder, die Hindus, die finden sich cool, was ich als eine verzerrte Selbstwahrnehmung empfinde."

„Wer will aussehen wie Ganesh, außer den Elefanten, die das ja schon erfolgreich tun und selbst da, indische Rüsselträger mögen gerne Ohr Extensions, während die Afrikanischen sich die Ohrlappen reduzieren lassen. Es ist ein Mysterium, ein Rätsel, das die australischen Kängurus nicht teilen, die nehmen sich so wie sie sind. Politiker übrigens auch."

Die DNA, der Entwurf einer Idee zu einem Cartoon

Im Gegensatz zu deren Volk, das hätte diese Schmocks lieber ganz woanders."

„In weidomisierenden Sümpfen, in Sibirien, da funktioniert das Model „Arbeitslager recht effektiv."

Merkte Hugin kurz an.

Munin begann daraufhin steif zu werden, zu zittern, die Augen quollen auf, weiter und immerfort. Die Federn stellten sich, das beben wurde stärker und dann explodierte die Krähe vor Lachen, die Beinchen knickten ein, was bemerkenswert ist, den Vögel haben ja keine Kniescheiben und sank glucksend und gackernd in den Dreck.

11. Ideologien – Religionen – Politik. Und der Ganze andere Scheiß

„Politiker werden in gewöhnungsbedürftigen Fertigungsabteilungen designt und konditioniert.

97% laufen über den GG, den Geilen Gier-O-maten. Bill Clinton, irgendeiner der US-Präsidenten, war neben einem Herren Cohen Bandit, ein Verbrecher wie es im Namen geschrieben steht, den er als Etikett hatte.

Gut beide sind neben 666 anderen eine absolute Sonderanfertigung gewesen, mit denen Òle nichts zu tun hatte, er ist erst Schöpfer 3-ter Klasse.

Solche Individuen werden ab Qualitätsstufe 2, von Hand über spezielle Cluster in die Matrix geladen, wie Seuchen, Kriege und Steuererhöhung Ideen" merkte der Schöpfer an.

„Steuern sind Steuern, die gehören ja zum Trans Inter Ausgleich TIA, ohne diese ging bei den germanischen Völkern nichts. Versammlungssäle, die Halle von Walhalla, die Menschen brauchen so etwas, ..." Maulte Munin dazwischen. Òle übernahm das Wort,

„Steuern sind ein Muss und ein Übel, das Erfordernis ist die Gemeinschaft, nur so funktioniert sie. Infrastruktur, Bildung, Straßen, Wege und Ausbildung sind die Stützpfeiler einer Gesellschaft.

Egal ob auf eurer Erde, Beteigeuze oder den sumerischen Frantippeln, die Klingonen, die sadistischen Wrangonditen und die Wuffea, alle haben solche und ähnliche Systeme. In denen Bürger, dass was für die Allgemeinheit zugänglich und nutzbar ist, finanzieren. Das ist ein gutes Model, den der reine Kommunismus, der in seiner einfachen Form als Bolschewismus getarnt wird, dem geht irgendwann immer, das Geld der anderen aus.

Ansonsten aber ist der Sozialismus sehr sparsam, für Meinungsfreiheit Toleranz gegen fremde Denkansätze oder den Rechten gegenüber. Vor allem den nicht sozialistischen, z.B konservativen, durchaus vernünftigen Denkweisen, verschwenden diese linken Tendenzen keinerlei Jota, keinen Scheffel, nicht einmal eines Sesterzen, Schekel oder Kupferstück.

Die Sozialisten setzen mehr und nicht weniger, auf Gewalt und Einschüchterung, nicht umsonst dulden sie keine Götter, Anschauungen oder Ansätze von Realität, mit der sie ständig ringen. Intellektuelle sind denen ein Gräuel. Mein Kommilitone Mao Marx U Pot schrieb sein Diplom und machte seine Dr. Arbeit. Dies für spezielle Klientel, die ihn dann beauftragten, auf der Erde. Sogar schon auf dem Prototypen und euerem Globus fing man an, diesen Sozialismus zu testen. Es war verheerend und unter seinem Namen entwarf er das Programm Marx I – IV kennt man als Marxismus. Im Grunde war die Kernaussage, ohne Kohle wird das Proletariat rabiat, was durchaus stimmte und die Grundidee des Sklaventums erst einmal revolutionierte.

Bis die ehemaligen Sklaven merkten, vorher hatten wir nichts, keine Entlohnung. Dann bekamen wir zwar eine Form von Geld, aber in eurem Germanien, liebe Raben, wurde ausgerechnet die erfolgreiche Mark in D-Mark für den Kapitalismus, dagegen die O- Mark für Ost, den sozialistischen Teil verwendet.

Diese Ostmark wurde zwar reichlich am Monatsende dem sogenannten Proletariat auf das Konto überwiesen. Aber man konnte davon nichts erwerben.

Kaufen konnte man für dieses „Geld" schon etwas, leider nie das, was man brauchte.

Aber man kaufte es trotzdem um später in einem weiteren Laden, genau das einzutauschen, für etwas anderes.

Das wurde später bei einem Kumpel für was völlig Deplatziertes wiederum eingetauscht. Der dieses mit Gewinn verkaufte, um begehrtes Gut zu erwerben. Dass sich dann in den Kreisen tauschen lies, die ansatzweise das hatten, was man selber benötigte, wenn es auch immer noch 12 bis 16 Transaktionen entfernt war.

Damals ging man z.B in ein Geschäft für Betten, weil man eine Matratze brauchte, um sich für das harte Tagewerk auszuruhen, man richtete das Wort an den Verkäufer, lächelnd entspannt und eröffnete dem Schmock, „wir, meine Holde und ich, hätten gerne eine neue Matratze, es muss nichts Besonderes sein, am liebsten mit Federn und ansatzweise geeignet eine Nacht geruhsam durch zu schlafen."

Worauf ein hochnäsiger Sozialist, der den Kader durchlaufen hatte und seine Fachkompetenz mehr als einmal vor Gremien und Ausschüssen beweisen musste, nur kurz angebunden erwiderte, „ Ja, hätte ich auch gerne".

Wenn man in sozialistisch geprägten Teil jenes Landes einkaufen ging, war die erste Frage, ist dies das Geschäft, wo man Bananen bekommt. In diversen mit obstähnlichen Requisiten Dekorierten Lokalitäten bekam man oft die Auskunft, im Prinzip schon. Worauf man dann, um die Stimmung aufzuheitern, die Frage anbrachte, warum ist die Banane krumm und als Antwort erhielt, weil sie zu oft einen Bogen um die DDR machen musste. Was aber in westlich, germanischen Regionen ein Kalauer wurde. Immerhin gab es in diesem Sozialisten Teil der Replik keine Terroristen, auf ein Fluchtauto zu warten, dauerte ehrlich gesagt zu lange. Klopapier war deswegen so rau, nicht wie man fälschlich annahm, weil Papier nicht so einfach zu gewinnen war, sondern der letzte Arsch sollte Rot werden.

Ging man in O- Berlin ins KDW (Kaufhaus des Westens) oder in ein ähnlich strukturiertes Verkaufslocal und fragte eine Verkäuferin, sagen sie mal, haben Sie hier den gar keine Schuhe. Wurde jener belehrt, keinerlei Fußbekleidung erhält man in der 3 Etage, neben der Abteilung, wo es nichts an Handtaschen und Koffer gibt, hier bekommt man keine Hosen.

In Wirtschaftskreisen wurde man oft gefragt, warum die Wirtschaft in der DDR so derart in die Knie gegangen war, worauf das Politbüro genau wusste, was es zu sagen hatte, weil sie zum Sprung ansetzt, um die kapitalistische Ökonomie zu überholen. Was gar nicht so abwegig war, auf das Erfolgsmodell aller jemals hergestellten Fahrzeuge musste man 14 Jahre warten.

Die Qualität war so gigantisch, dass ein Jahreswagen oder sogar ein Zweijahreswagen teurer war als das Neufahrzeug, weil man nicht drauf warten musste.

Die DDR Führung hat man damals auf diplomatischen Weg angefragt, von Seiten der Carter Jimmy Regierung, können wir den in den USA und vor allem wie, den Sozialismus einführen. Worauf Erich persönlich schrieb, sorry Dear Mr Präsident, wir können nur eine Großmacht ernähren.

Ein Geschäft zu betreiben in einem sozialistischen Staat war nie leicht. Metzger mussten zu mindestens eine Wurst und ein paar Knochenteile in der Auslage liegen haben, sonst bildeten sich lange Schlangen, weil sie die Kacheln kaufen wollten, die hinten an der Wand waren.

Polizisten wurden oft gefragt ... Herr Volkspolizist mit Verlaub wo ist denn das Kaufhaus Prinzip? Worauf der Stasi Scherge mit nicht zu wissen bestritt, dass es ein solches Warenhaus gibt. Hierauf der die Frage Stellende meist anmerkte,

„Aber, ... der Staatsradvorsitzente hat doch neulich im Fernsehen gesagt, „ im Prinzip gibt es alles zu kaufen."

Die Autoindustrie aber war konkurrenzlos, wie ich weiter oben schon anführte. Ein typisch germanisches Phänomen, Autos sind deren ein und alles.

Im kapitalistischen Westen versuchte man sämtliches um ein Auto zu vermarkten. Da übertraf eine Marke die nächste mit Innovationen. Trotzdem gab es Modelle, die nicht liefen, und das wurde hingenommen. Daraus wurden dann Behörden Fahrzeuge, aber in dem sozialistisch geprägten Teilstück, gab es den absoluten Volkswagen. Nicht den VW, der war die Volkswagen AG und im westlichen Teil beliebt.

 Nein der Trabbi ist und bleibt das folgenreichste Model aller Zeiten, selbst in Vietnam findet man diese Anti Oxydans Karosse, was diesen Boliden weltweit zu einem Volltreffer machte.

Wie definiert man Erfolg? In Bitterfeld 1982 eurer Erdenrechnung, stießen 2 Trabis zusammen, Crash nennt man das 2 Tote 54 Verletzte.

Die 2 Entseelten waren die Fahrer, so ein Trabant hat eben wenig Substanz, aber die anderen haben sich um die Ersatzteile geprügelt.

„Der Trabbi hatte ja die Typenbezeichnung

601", fuhr Ole fort. Der Schöpfer unterbrach ihn,

„Ja klar das war mein Auftrag, ich sollte diese Vehikel bauen und tat es, war ja mehr als unterfordernd der Job, ich nannte ihn 601, weil dieses „Auto" 600-mal bestellt wurde, und einer hat ihn am Ende bekommen."

„Die Höchstgeschwindigkeit erreichte ein Trabbi nur dann, wenn er abgeschleppt wurde und man musste vorsichtig tanken, Trabis waren ohnehin begehrt und mit einer volltanke verdoppelte er seinen Wert, sogar dreifach. Aber er war eben simpel herzustellen, man brauchte 2 Arbeiter, einer der faltet und einen zum Kleben."

„In Sachen Aerodynamik hat der Trabbi den zweiten Ehrenplatz belegt, das berichtet keiner." Hugin hakte nach,

„ja und der erste Platz, Ferrari oder Porsche, ich glaub es ja nicht".

„Och das war auch inoffiziell, ein schwedisches Möbelhaus hat mit einem Wandschrank gewonnen und nebenbei andere Einrichtungsgegenstände getestet."

„Wir waren damals ebenso amüsiert, es war ja nur ein Spaß, niemand hätte geglaubt das ein Volk, das so viele diesen Karton due Blamage so toll fanden. Aktuell fahren diesen Pappen immer noch herum.

Es gibt Trabbi Treffen ohne ende,

von einem möchte ich berichten, dann widmen wir uns ernsten Themen.

Da fuhr so ein Trabbi die Dorfstraße hoch,
räääng täääng täääng, der Auspuff wackelte, er bremste ab, direkt vor einem Kuhfladen.

Er blickte von oben herab auf den Schiss und lächelte anmaßend, hielt sich aber zurück. Der Kuhschiss war etwas erschrocken und schaute zu dem Gefährt ostdeutscher Ingenieurskunst empor und fragte verlegen,

„Du ... was bist Du denn"?? „Ich" sagte der Trabbi stolz, „ich bin ein Auto".

Worauf sich der Kuhfladen vor lachen aufrollte und sagte „wenn Du ein Automobil bist, dann bin ich eine Pizza".

„Damals" so begann der Òle,

„wusste ich nichts von solchen Trabbis, die mein Vater nur so zum Spaß zu diesem Kultobjekt designt hat, wie auch? Wir haben ein Multiversum an Bestellungen, Ideen, Designs und so weiter. Ich fuhr mit meinem BMW, ein ansprechendes Model germanischer Autobauer Kunst durch Schwabing, um in einem der Schickeria Spots etwas zu relaxen. Götter trafen sich dort und B- C - D Promis. Da wollte ich ins M 1 einbiegen ein paar technoide Sounds genießen, da überfuhr ich eine Kreuzung bei Rot. Nicht von Vorteil für mich und rammte einen Trabbi. Ja genau das Model von dem Papa die ganze Zeit redet, als wäre es ein Auto, ich musste weiterfahren, aber man hinderte mich, der Trabbi war Totalschaden. Ich stieg aus, wollte wissen, wo dieses Unikum mein Fahrzeug beschädigt hatte. Ich fand aber nichts. Der M3 war makellos. Wäh-

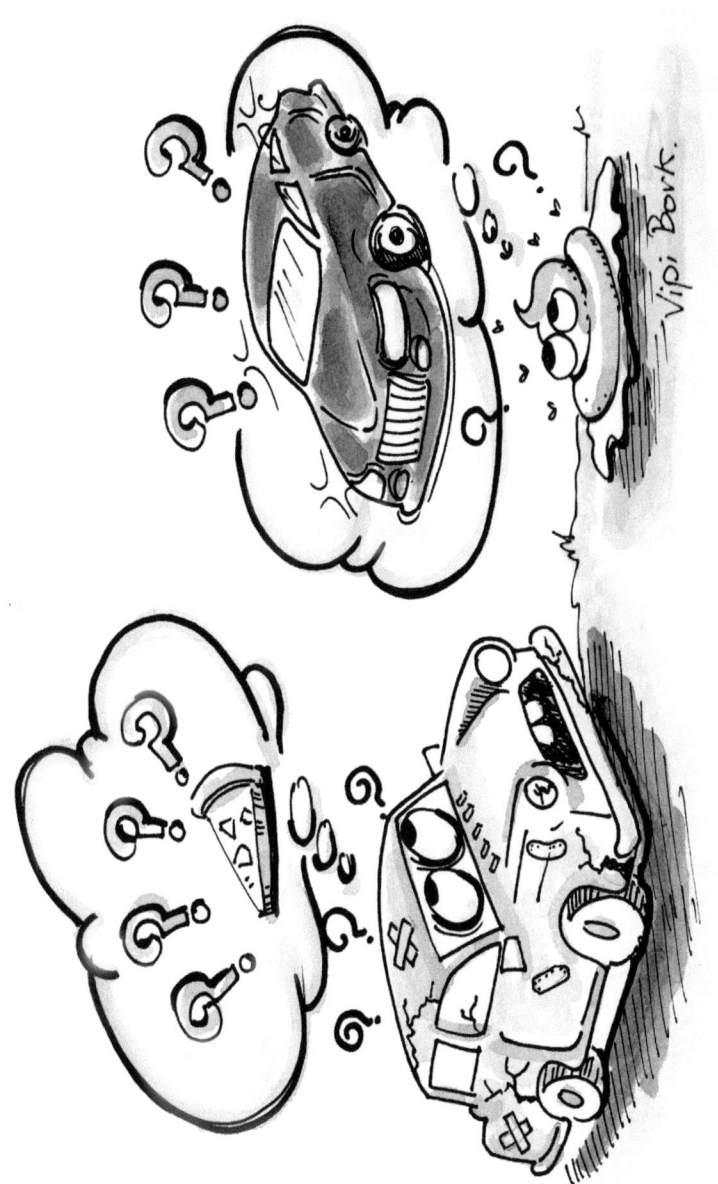

rend ich da stand und suchte, …kam so ein Typ und lamentierte mich voll,

„nuu isch hob väärzäähn Joohr uff döen Trabbi gespooard, ich hoab soo fille Sondaschischten äänläschen müssen.

Geen Urlaaub, nüschd zu dään Boaardies geloffen, geene freie Minudde nüscht. Jääden Pfäänisch hob isch gespoaard, een Greddit auf die Bank, dään zooal isch noch minäästenääns 4 Joahr. Nu is alläs gabudd , isch wääs nid, wie isch auf Arbaid gumma du, ….“

Das ging so weiter, ich war genervt, wollte chillen.

So sagte ich.

„Was kaufst Du dir auch so ein teures Auto" und fuhr weiter.

Munin wollte wissen,

„Wie war die Stimmung dort, in dieser DDR, bei all dem, was man bei uns so gehört hat …?"
„Die hielt sich in Grenzen" so der Òle.

Alle kennen die 7 Weltwunder, aber die 7 Wunder der DDR sind weniger bekannt:

Wunder 1: In der DDR gab es keine Arbeitslosigkeit!

Wunder 2: Obwohl niemand ohne Arbeit war, hat

nur die Hälfte gearbeitet.

Wunder 3: Obwohl nur die 50% gearbeitet haben, wurde das Plansoll immer erfüllt.

Wunder 4: Obwohl das Plan-Soll immer erfüllt wurde, gab es nichts zu kaufen.

Wunder 5: Obwohl es nichts zu kaufen gab, waren alle glücklich und zufrieden.

Wunder 6: Obwohl alle zufrieden waren, gab es regelmäßig Demonstrationen.

Wunder 7: Obwohl regelmäßig demonstriert wurde, wurde immer mit 99,9 % die alte Regierung wiedergewählt.

„Schluss jetzt, mit diesem Sozialisten Gehetze. Jeder kann da ja sagen, was er will, aber egal wie oft man diese Kommunisten oder Roten abwählt, meist durch Revolution, denn anders wird man dieses machtgierige Virus nicht los, kommt es immer wieder."

„Die DDR war nicht der erste Staat, der diese Diktatur loswerden wollte, in Asien z.B. Laos, Kambodscha, die hat es ganz hart getroffen, die guten alten Khmer. Pol Pot hat ja alles, was eine Brille auf der Nase hatte und lesen und schreiben konnte, für seinen Arbeiter und Bauernstaat geopfert, also hinrichtet, der Sozialismus bevorzugt DUMME, denn nur die lassen sich willenlos ausbeuten und versklaven."

„Das Dubiose an der Geschichte ist, nehmen wir mal euren germanischen Volksstamm, deren Nachfahren, die Deutschen. Der Osten hat sich aufgelehnt, mit einer friedlichen Revolution. Den Mächtigen, wenn man sich diesen Erich Honecker mal angesehen hat, konnte man gar nicht glauben, dass so jemand überhaupt etwas anderes machen würde, als in der VEB Teile auf ein Fließband zu legen. Die Ossis haben denen in der Partei schön gezeigt, wo es langgeht.

Fort vom Sozialismus, raus aus Gängelung, Bespitzelung und fortgesetzter Freiheitsberaubung.

Die Grenze zum Westen ist gefallen und was passiert dann, 30 eurer Erdenjahre, also 33,345921 Nanosekunden der Universe Time Correct UTC?"

Man hat vergessen, diejenigen, die alles angezettelt haben, die bespitzelt haben, sogar Verwandte denunziert, verhaftet und verhört, eingesperrt haben, in Arbeitslager zu verbringen oder zu exekutieren.

Jetzt besetzen Sie Ihre Posten, bilden neue Seilschaften und regieren wieder. Die schlimmste von allen 16 Jahre.

„Wenn nicht direkt, dann subtil. Aus einer Konservativen starken Volkspartei wird, ein linker Haufen. Der nur als Kanzlerwahlverein fungiert und erfrischend, niemand schien zu bemerken, das dieser Kanzler der ohne Erfolg vorgibt eine Frau zu sein, ehemalig in der Sozialistischen Einheitspartei war."

„Der Nachfolger Olaf Jong Un ist ja viel entsetzlicher, neben seiner kriminellen Vorgeschichte, war er schon als Jungsozialist, ständig in der DDR zu Gange. Dort traf auf deren Promillenz. Wie dieser Politdarsteller sich selbst prostituiert und wie gerne er sich verkauft, erkennt man an seinem Verhalten gegenüber einem Greis.

Der Tattergreis ist der Präsident von den USA, schaut aus, als währe ihm der Sargdeckel schon dreimal ins Gesicht gefallen und grüßt Phantome, die nur er sieht." Stellte Ole in den Raum.

„Dieses dämliche Volk und dabei haben wir die Deutschen extra so konditioniert, das sie die Fehler der anderen Spezies nicht macht. Was dann ein Österreicher trotzdem erst mal verhindern konnte."

„Òle und das Spezialisten Team von der IT, für Softwaredesign sind sich einig. Das dieser Adolf H. Bug, von einer anderen Fertigungsabteilung, mit einem Schöpfer an der Spitze, der extrem fragwürdig und unkonventionell arbeitet, der ein Erzfeind von mir ist, seit unserer Studentenzeit schon, eingeschleust hat." So erklärte es der Schöpfer und Hugin wollte es wissen.

12. Die Zusammenhänge, nichts gehört zusammen.

„Ihr baut Welten, kreiert Geschöpfe aller Art, ihr designt die Natur und Religionen und politische Besonderheiten ebenfalls?? Aber was hätte dieser konkurrierende Begründer denn davon, euer Werk zu sabotieren?" Wollte Hugin wissen.

Der Schöpfer:

„Das ist alles sehr kompliziert, ihr beiden habt ja nicht einmal annähernd 1% des Ganzen gesehen und begriffen. Aber wir sind ja erst, am Anfang unserer Beziehung in der ich euch die Welten erklären möchte, eins nach dem anderen. Der Gegner ist ein alter Schulfreund von mir, wir waren Kumpels, teilten uns alles, Wein, billige Mädchen, die teureren erst Recht und ein Zimmer, im Studentenwohnheim. Im Laufe des Studiums radikalisierte sich Ego-N Zen Trick. Er ist ein Genie und sogar in der Gilde der Schöpfer gilt er als hochbegabt. Was sich darin zeigt, dass er wirr redet, einen irren Blick hat, gehetzt wirkt und sinnloses zusammenhangloses Zeug faselt, gewalttätig beim Sex vorgeht. Er hat eine charmante Rücksichtslosigkeit, die ihn in der Schöpfergilde, weit nach oben befördert hat. Irgendwann konnte ich seine vielen Eigenmächtigkeiten nicht mehr decken und ich wollte es nicht. Anfangs machte es mir Spaß, die Regeln zu brechen, eigene Schöpfungsideen und Formen zu gestalten, zu kreieren. Exzentrische Wege zu gehen, die konservative Schöpfung war an einem Punkt angekommen, langweilig zu werden.

Ego-N ging viele Wege gleichzeitig, hing völlig neuen Ideologien an. Versuchte diese zu erweitern, zu testen, und zwar nicht mehr nur an universitätseigenen Studien Lebensformen die in eigenen SUB- Etha Universen, in einer stabilen Quarantäne gehalten wurden. Die man als Simulation ansah, die wenn sie aus dem Ruder lief, wie ca 97,43% aller Planspiele, mit einem Knopfdruck hyperionisiert werden konnte, indem man sämtliche Atome, in sich selbst zerfallen lies.

Übrig bleibt dann nur ein schwarzes Loch mit einem stecknadelkopfgroßen Kern, der eine sagenhafte Dichte hat und das Gewicht mindestens einer mittleren galaktischen Welt oder Galaxie besitzt. Nein Ego-N probierte seine sozialen und anderen Programme, in der normalen laufenden Produktion aus. Impfte die Datenbanken und lies seine Sub-Ätha Informationszellen, in den genetischen Pool einfließen. Die dort dann ihren vorbestimmten Weg selbst fanden. Zur Forschung gehört eben jede Menge Glück und Beobachtung. Man ahnt im Grunde nie, was passieren wird, das ist ja das fabelhafte am Forschen. Es gibt eine Idee, man denkt darüber nach, ob sie funktionieren könnte, und wie sie das tut. Verwirft das Ganze, wenn das Ergebnis zu simpel scheint, würzt die Forschung mit etwas Schelmischen, einer Portion Schabernack und dann, beobachtet man. Auf diese Weise wird mehr erreicht, als Würde man dem traurigen, vorhersehbaren Pfad der Wissenschaft folgen.

Forschung ist Abenteuer und damit es eins wird, braucht es Mut, vor allem wenn man wie ich Arten schöpft, da wird vom Kunden ein gewisses Maß an Vielfalt erwartet. Schaut auf eurer Erde, da kann selbst ich nicht mehr genau sagen, ob es 3,6 Millionen Kaliber oder 112 Millionen sind. Den und das ist eben ein Problem das Ego-N produziert hat, die Arten bei euch mutieren, sie verändern sich von alleine, passen sich an.

Das liegt zum großen Teil, an der von mir persönlich gestrickten DNA, die in einer Doppelhelix strukturiert ist. Was wie ich selbst zugeben muss, genial war, aber vor allem dem Fakt, dass diese Forschung aus einer, jener geschlossenen Test Universen, gestohlen wurde, entwendet wie auch immer. Immerhin gelang sie, in die Hände von Ego-N und Zarb Erster, einem ganz und gar üblen Gesellen.

Der weniger an der Erforschung des Lebens, als an seiner Zerstörung interessiert war, er sponsorte die multigalaktischen Zerberst-Tron-Meisterschaften, da werden Gigatonnen aller Arten Fahrzeuge, Kampfroboter und Bioformen aufeinander losgeschickt, die sich dann gegenseitig möglichst spektakulär vernichten.

Schließlich wurde meine extra DNA, in Doppelhelix Form und weitere spezielle Patente von mir, gestohlen und illegal auf der Erde, genau eurer Version eingesetzt und „getestet".

Bisher wurden nur Planeten ausgeliefert mit einem exakt eingespielten und getrimmten Ökosystem.

Das auf die Anforderungen oder die Beschaffenheiten des Planetoiden abstimmt, wurde. Natürlich auch nach Geschmack und Gusto des Kunden. Feuergötter sowie Dämonen Planetensysteme mussten ausreichend feuerfest sein. Es müssen für Notfälle Wasserbecken oder Meere wie es auf Erden heißt bereitgehalten werden, Hochdruck Lava Systeme und das ganze Brimborium, den gleichen Prototypen kann man dann als Urwelt oder prähistorischen Planeten verkaufen. Mit Vulkanen Geysiren und abstrusen Lebensformen, mein erster Entwurf dazu war Island.

Ein immergrüner schwimmender Steinberg, der nur an der Küste lebenswert ist,
der Eyjafjallajökull, auf Deutsch.

Eyjafjöll-Gletscher.

Er ist so unaussprechlich weil er die Abkürzung für sämtliche Forschungsabteilungen, die in ihm beteiligt waren bedeutet.

Ey steht elektropneumatisches Yiing

Ja steht für Ok, alles klar, so machen wir es.

F für Fehler in sämtlichen Teilen, For schungsabteilung für Präventionen

Ja steht erneut für OK, Ja genau das Abnicken und akzeptieren aller Erkenntnisse welche diese Forschung dieses Experiment uns bringen wird.

lla steht für Labor leeren nach Aufforderung

jö für juristische Ödunanz, die Abteilung ist die wichtigste und Bestandteil der meisten Forschungsgruppen, weil die dazu da sind, wenn etwas aus dem Ruder gerät, die Risiken und Schadensersatz Forderungen gegen uns, extrem gering unüberschaubar zu gestalten.

kull bedeutet Eruption, damals schrieb man das Wort Ejakulieren noch nach dem Zorbisschen Alphabet von Ansgar Kötter, als Ejakulieren, damit aber ist die Forschung an Ausbrüchen, Eruptionen gemeint.

„Dieser Vulkan stand lange bei mir im Labor, wir testeten jede der möglichen Reaktionen, als neben Patent, wurde der Ofen ausgekoppelt, der auf nahezu allen Welten in irgendeiner Form

Humanoide oder Alienoide vor den folgen zu milden Klimas bewahren sollte. Erwähnte Ole nebenbei.

„Ihr seht ....".

Fuhr der Schöpfer fort.

„Alles hängt zusammen, auch wenn so viele Abteilungen gutes Schaffen leisten. Müssen ebenso so bedeutende Köpfe seid Milliarden und aber Milliarden Dekaden, an diesen Problemen arbeiten.

Planeten zu designen und zu bauen ist eines. Die Anforderungen unserer Kunden werden ja immer spezieller und teilweise wenn Sie zu abstrus werden, müssen wir den Auftrag ablehnen. Was meist zur Folge hat das der, oft sind es Götter mit mehr oder weniger Komplexen, die dann ihre kompletten Universen gängeln, mit Plagen überziehen; Seuchen, Erdbeben, Vulkanausbrüche, Sintfluten.

Was denen so alles einfällt, gut für unsere Corporation denn für derart Zubehör, haben wir wieder eigene Fertigungsanlagen und versenden binnen 12 oder wenns brennt innerhalb von 6 Stunden. Zu saftigen Aufpreisen, denn um das zu schaffen, müssen wir die universale Zeit, Universale Time Coordinates UTC für den pico Bruchteil einer Millionstel eurer Erden Sekunden anhalten. Also das Zeitkontinuum kurz unterbrechen, das bestellte Ausliefern und dann und das ist das wichtigste überhaupt, diese Zeitspanne wieder aufholen, indem wir einen Takt Impuls senden. Der diesen, wenn auch, minimini itziwitzi, Perioden Verlust aufholt. Den bei den massigen Sonderwünschen und den vielen angepissten Göttern. Die unbedingt jetzt, ihrem Borderline-Syndrom nachgehen und ihre Völker plagen wollen, zerstören oder Lust auf ein ganzes Universum haben, das sie pulverisieren können, würden bald Zeitpuffer, die man in Erdsekunden messen könnte entstehen. Und das wäre dann schon komisch, wenn man da so auf der Erde steht, und alle paar Minuten würde die Zeit für 1-2 Sekunden stehen bleiben.

Stellt euch mal vor, jeder Film, der gedreht werden würde, alle Reportage, würde ruckeln. Ja so war das auf der Erde am Anfang der Stummfilme, da hatte man nicht den Eindruck, die Filme laufen ungleichmäßig, sie taten es. Damals hatten wir diese Bestellform des Ultra Blitz Versands eingeführt, aber die Folgen nicht bedacht, welche das Anhalten der UTC für millionstel Nanosekunden bedeuten würde, auf den anderen Systemen und ihren Planeten."

„Sag mal, gibt es einen Kaffe oder etwas, das einen Schöpfer erwecken könnte" unterbrach Hugin den Redefluss,

„Ich könnt einen vertragen, gerne noch einen Happen, etwas Wurmiges oder was mit Jod S 11 Körnchen. Ja, ich hätte Bedarf".

Meldete sich Munin, der bis dahin gefesselt zugehört hat.

„Gut, dann lasst uns zur Cafeteria gehen"

schlug Òle vor,

„auf dem Weg kommen wir an einigen Abteilungen vorbei die interessant sind und in der Kantine, da ist ohnehin das erstaunlichste, von all dem, was wir euch zeigen wollten, lasst uns gehen".

An dieser Stelle muss ich als Erzähler anmerken, dass mir die Vorstellung fehlt, wie man auf einem solchen Gelände, zur Cafeteria gelangt.

Dieses Areal existiert, um Galaxien zu entwickeln. Sie zu bauen und auszuliefern, wie weit kommt man denn da oder wie lange kann es dauern bis man zu einer Cafeteria gelangt?

Überhaupt wie hat man sich das alles den vorzustellen?

Das ist ja faszinierende an Büchern, die eigene Phantasie, die persönliche Vorstellungskraft.

Im Gegensatz zu den Verfilmungen, die dann immer so enttäuschend ausfallen, weil der Regisseur und Drehbuchautor eine so ganz andere Fiktion hatte, als man selber.

Das gilt ebenso für die Darsteller, denn jeder der Lord of the Rings gelesen hat, schlägt mit der Hand ins Essen, was für einen depressiven Napfkopf man als Frodo ausgewählt hat und wie schwul die Elben aussehen.

Ich bin sicher, jeder der meine Erzählung bis hierhin gelesen hat, macht sich ein Bild von dem was in Buchstaben da auf dem Blatt vor einem versucht zu vermitteln.

Deswegen schlage ich vor, wir belassen es dabei. Meine Vorstellung von unendlichen Montagehallen, Laboren, in denen Wissenschaftler, mit Naturphänomenen basteln und forschen, die mehrere bis Hunderte Kilometer lang breit und hoch sein können, wären nicht die Gleichen.

Basiert meine Idee des Gesamten doch auf, normale Betriebsgelände, auf denen jeder Planet komprimiert, also gezippt konstruiert wird. Was ja gleich Vorteile hat, bei der Auslieferung. Weil man mehrere Planetensysteme, Galaxien ja sogar komplette Universen, auf einmal transportieren, abliefern und installieren kann.

Entweder auf die ältere Art und Weise, die sich als extrem zuverlässig gezeigt hat. Indem man alles einpackt, transportiert auspackt und dann, entpackt und wartet bis sich sämtliche Einzellparts Installieren. Danach auf die eigentliche Größe anwachsen unter Zuführen endlosen Mengen an Materie. Z.B aus einem schwarzen Loch oder indem man ausgebrannte Universen, die auf stecknadelkopfgroße Partikel geschrumpft sind ohne das Gewicht zu reduzieren, in die sich neu aufbauende Welt einbringt.

Fast schon logisch und im Business der Schöpfung wird Nachhaltigkeit großgeschrieben. Deswegen wird sorgfältig der intergalaktische Müll getrennt und eigene Recycling Universen bereiten alle Materie wieder auf.

Seid aber die Bestellungen mit der Nachfrage angewachsen sind, findet die Auslieferung einen neuen Weg. Kurz umrissen, weil es in dieser Erzählung weiter vorne schon beschrieben ist, erhält jedes Atom, Elektron sowie Materieteilchen, das in der Bestellung, in welcher Konstellation auch immer gebunden ist, eine exakte Adresse.

Den späteren Standpunkt im Multiversum, als Koordinate, allerdings eine 5 Dimensionale Zahl, da unser bekanntes 3 Dimensionales Model, im mehrfach Universum nicht funktioniert.

Es reicht zur Navigation von einem Planeten zu einem anderen. Oder das man eine Galaxie ansteuern kann aber, da es Spiegelwelten gibt und Raum und Zeitkrümmungen, die sogar auf Erde seid Albert Einstein bekannt sind, muss es mindestens eine 5D Projektion sein.

Ja man schickt dann eben jedes Molekül genau an seinen festgelegten Standpunkt und fixiert es. Dort, sind sämtliche anderen Donatoren einer Baugruppe dann angekommen, wird installiert.

Alles verbinden sich in vorgesehener Manier und fertig.

Während ich hier abschweife, sind Hugin und Munin, mit dem Schöpfer und Sohn Òle auf dem Weg zur Kantine. Sie passieren ein komplexes Gebäude, mit einer eigenartigen Struktur, das aussieht wie eine von innen nach außen gekehrte Zitrone, die in einem Glas Gin schwimmt, das merkwürdig illuminiert an ein Trinkglas erinnert, das in einer schummrigen Bar Position bezieht.

„Was ihr rechter Hand seht, ist ein Glas Gin

tonic, das in einer Bar steht. In einer mehr oder weniger anrüchigen Bar. Dass nachgeschenkt wurde, was man am Pegel sieht, der exakt am Eichstrich anliegt, zieht man das Volumen der Zitronendarstellung ab, welche den flüssigen Inhalt verdrängt, erhält man eine Diskrepanz, erklärt Olè.

Der Schöpfer fährt fort:

Abweichungen sind Missverhältnisse zwischen zwei miteinander in Beziehung stehenden Ereignissen.

Zum Beispiel ein römisches Restaurant auf eurer Erde, denn das, was man bestellt hat und dann bekommt, steht in keinerlei Beziehung, zu dem, was auf der Rechnung auftaucht und berechnet wird.

Ebenso wie die Reaktion des Kellners auf keinerlei vernünftigen Basis, zu der doch korrekt ausgeführten und vorgebrachten Beschwerde steht.

Mein Lieblingsbeispiel, das an anderer Stelle von mir schon einmal vorgetragen wurde.

13. Diplomatie Diskrepanzen und Politik

Aber die größten Diskrepanzen bestehen in ReGIERungen. ReGIERige haben absolut keinerlei Bezug zur gleichen Wirklichkeit, in der sie zusammen mit den reGIERten leben.

Sie blenden die reale Wirklichkeit zugunsten einer eigenen „Faktizität" die aber keine ist, einfach aus.

Zumindest ist deren Tatsächlichkeit nicht überlebensfähig.

Weshalb ReGIERige grundsätzlich 24 Stunden von Personenschützern beschützt werden müssen, in Panzerlimousinen.

Nur zwischen Ihren Villen, dem Parlament und den Aufsichtsratssitzungen und ihren lukrativen Nebenjobs, die ca 90% Ihrer Arbeitszeit von 2-3 Stunden täglich, gefahren werden und die Außenwelt angewidert meiden.

Kontakte zum Plebs und Pöbel meidet ein ReGIERige unbedingt. Nur zu Wahlzeiten eine Dekade ihres Lebens, den ReGIERige in jedem Fall abschaffen wollen, begibt man sich in die Niederungen. Mit Horden an Personenschützern, man möchte dem Geschmeiße nicht zu nahe kommen, erklärt man dem Pack, was es hören soll, verpackt in Worthülsen und Geschwafel.

Die meisten Politiker senden ohnehin Klone und Doppelgänger. Diese sind oft klüger und Fachkundiger als die Originale.

Volksnähe zeigen diese Duplikate ebenso angeekelt und tapsig.

Was ihr dort drüben seht, ist schwer, zu erklären.

Im Grunde sieht man ein Glas Gin Tonic in einer Bar, aber tatsächlich ist es DD nein kein Maß für eine Körbchengröße, üppige weibliche Vorbauten, sondern Diplomatie und Diskrepanz. Eine Abweichung von Sachverhalten liegt beispielsweise vor, wenn etwa ein Politiker nach einer Wahl anders handelt, als er es zuvor angekündigt oder versprochen hat. Absolut das, was man von jedem Volksvertreter in allen Fällen erwartet und wofür ein solches Arschloch steht. Deswegen steckt das Wort PO, die Höflichkeitsformel von Arsch, im Namen. Folgerichtig spricht man von einer Diskrepanz zwischen Reden und Handeln oder Anspruch und Wirklichkeit.

„Wasser predigen, und Champagner trinken" – und somit von seiner sogenannten Fallhöhe. Politiker und ergo Politik (für den Arsch) ist Methode, Art und Weise, eigene Vorstellungen gegen andere Interessen durchzusetzen, vorzugsweise das Volk.

Politisches Treiben kann durch folgenden Merksatz charakterisiert werden: „Soziales Handeln, das auf Entscheidungen und Steuerungsmechanismen ausgerichtet ist, die allgemein verbindlich sind und das Zusammenleben von Menschen regeln".

Selbstverständlich aber ist Staatskunst genau das Gegenteil von dem, was sie sein sollte. Für uns Schöpfer ist die POlitik insofern wichtig, da wir ja Kulturen quasi designen, Staatsführung zwingt uns völlig unvoreingenommen unlogisch vorgehen zu können, außerdem kann unsere Rechtsabteilung eine ganze Menge der Folgen, unsachgemäßer Schöpfung auf die Politik abwälzen."

Hugin fiel dem Schöpfer ins Wort.

„Da drinnen wird Politik gemacht oder wie?"
„POlitik wird in Parlamenten, Gremien, Räten der Ältesten beziehungsweise in Versammlungen dargestellt. Außerdem bei Bo-Wei-Won, auf Beta - San- Forte 15, die produzieren so viel Staatsführung, das es für 678234 Cluster und ebenso haufenweise Milchstraßen reicht. Man kann diese Staatsführung „for to Go" oder via Delivery Service erhalten, wie Fastfood nur weniger bekömmlich.

Natürlich gibt es jede Menge edel Politik Anbieter. Wie Starfuck the C, wobei C für Citizen steht genau wie bei KFC (Kienzley Fuck Citizens) und andere, die Strategiepapiere von der Stange oder auf Maß anfertigen, da wird einiges zusammen gekocht. Basiert aber zu 98,7554% auf absolute Gleichgültigkeit den Nationen gegenüber.

Ist das Volk unzufrieden, wird es ausgetauscht, ihr währet überrascht, wie günstig eine

Planetenfüllung humanoides Gesocks ist.

Notfalls importiert man von Übersee in speziellen Anzuchtsgebieten gezüchtete Primaten, die oft nicht fertig entwickelt sind, immerhin aufrecht gehen können, aber ansonsten.

Erwähnte ich das sie aufgerichtet gehen können? Die meisten zumindest.

Hier in diesem Gebäude generiert man politische Richtungen, wie Konservative, Demokraten aber auch Räte, ältesten Versammlungen, da werden Lenker, Diktatoren und Regime erforscht, ausgetauscht und im Prinzip alle Formen, die im Multiversum vorkommen.

Oft Religionen, welche aber den Gott huldigen, dem der Planet, das Universum gehört. Die meisten der Götzen haben ja feste Vorstellungen.

Die weniger Phantasiereichen oder oft die Erben, der Unsterblichen, die kaum kreativ sind, aber gerne was Eigenes hätten, lassen sich dort etwas Nettes entwickeln.

Z.B die Zeugen Jehovas oder die Klimasekte der heiligen Greta.

Eigentlich müsste ja jeder, der ab der vierten Klasse Physik in der Schule hatte, diesen Mumpitz durchschauen, aber wenn nur Ideologien gelehrt werden.

Eben genau in diesem Gebäude dort, werden die Parameter verknüpft. Mit den Menth-AL Abteilungen und den Pr-O-Pa Ganda Spezialisten, die vor allem für Marx, Mao und Kommunisten das ganze Portfolio kreieren. Das funktioniert Hand in Hand und ist POlitik oder Ideologie auf der ersten, der untersten Stufe. Klappt nie, geht ewig schief. Die Völker wollen keinen Sozialismus oder Kommunismus.

Aber auf Planeten der Klasse, von dem ihr kommt, eure Erde, der ja extrem und relativ gesehen jung ist, ideal.

Erst später wenn die verschiedenen Ethnien und Kulturen zusammengeschmissen wurden. Zu einem DNA-Einheitsbrei, auf Kosten jeder Bildung und Intelligenz. Verstehen die Nachwuchseigner oder Götter, dass alles Bullshit ist.

Dann liefern wir das Weltuntergangsequipment, die Dumm- Dubel werden ausradiert und meistens verkaufen wir alle 20 -50 000 Jahre, ein neues apokalyptisches Sed. Weil diese Deppen die gleichen Fehler wieder machen. Ihre Bevölkerungen nach Ihrem Ebenbild formen, anstatt einmal zu investieren und eine höherwertige ausgereiftere Spezies auf ihren Eigentümern an zu siedeln. Wir haben da ja mittlerweile Rabatte, da ist selbst schöpfen, mit unseren Gen-O-pool Bausätzen nicht billiger und man erspart sich den Frust, mit diesen Lebensformen."

Die 4 näherten sich einem weiteren Bauwerk, von dem eine unheimlich laute Stille ausging. Eine Halle mit unzähligen Türmen, die mehr oder weniger weit aus dem Gebäude ragten, nicht alle senkrecht, einige diagonal, im Zickzack und viele hatten zwiebelförmige Verdickungen als Giebel. „Da"

Begann der Schöpfer erneut.

„Seid ihr entstanden, dort entstehen die Legenden, die Fabelwesen, Einhörner und so ein Scheiß. Gestiefelte Kater und was weiß ich alles. Die Märchen, die Fabeln und Sagen für neukonstruierte Planeten und Systeme, die etwas Eigenes wollen, aber meistens läuft es eben auf Einhörner, Elben, Elfen, Gnome, Zwerge Trolle oder hässliche Krähen hinaus".

Munin unterbrach, „Wir sind einzigartig, wo gibt es denn sonst Raben wie uns?"

„Na den Raben Nimmermehr, jede billige Hexe hat einen auf der Schulter und Piraten die sich keinen Papagei leisten können, haben wie jeder drittklassige Magier einen auf der Schulter hocken. Märchen sind gespickt mit Krähen, „die 7 Raben, der kleine Rabe ... wo man hinschaut, in Cartoons, überall Raben und Nimmermehr kennen mehr Kinder und Menschen, als Hugin und Munin".

„Paah Märchen, wir sind real und auch Flokie zeigte den Wikingern, den Weg nach Grönland" blaffte Hugin.

„Ach ihr 2 haltet euch für einmalig, weil ihr beide die Krähen Odins seid? Dabei gab es bei den Kelten schon den Sonnengott Lugh, der ebenfalls 2 Raben bei sich hatte, er der Schutzgott der Magier, weshalb heute die Zauberer gerne mit solchen Nebelkrähen wie euch angeben".

„Krähen, paaah wir sind keine Krähen ..."

„So, was denn sonst, die größeren sind Raben

und kleineren sind eben Krähen und nur, weil ihr beiden, riesen Arschlöcher seid, dürft ihr euch Raben nennen, ansonsten kein Unterschied" belehrte der Erbauer.

„Wir stehen im Verdacht, die Zukunft vorherzusehen, wir sind gefragte Orakel und Dir mein lieber Schöpfer weissage ich, noch so einen Spruch und Deine nächste Schöpfung ist ein Vollkörper Gipsverband für Dich selber."

„Oh da hinten, das schöne Gebäude in den vielen Farben, aus dem es so herrlich hierher duftet, was genau ist das" fragte Munin besser gelaunt.

„Unser Ziel die Cafeteria. Dort bekommt man alles absolut das volle Programm, egal was von welchem Planeten, aus jeder Galaxie oder Universum. Auch Dinge, die es nicht gibt. Der Nutri-O-vit, tastet die Gaumen ab, analysiert alle Geschmacksknospen. Sämtliche Vorlieben, scannt euer neuronales Netzwerk, die Partien in eurem Gehirn, die für Genuss zuständig sind, kreiert Beispiele, verwirft sie wieder und legt dann Geschmacksmuster Vorschläge an.

Die umgehend in Nanosekunden, in euren Organismus gespeist werden. Dann auf Verträglichkeit geprüft und auch der Speichelfluss wird einbezogen. Wenn euer armseliger Kadaver sein OK oder „lecker" sendet, dann produziert der Nutri-O-vit das Getränk, die Speise und erstellt aufgrund der Blutwerte, auf den Mangel an Vitaminen eingehende Ernährungspläne.

Und stellt ebenfalls einen Sport und Belegungsplan auf."

„Gibt es einen Kaffeeautomaten? Mir wäre nach einem Latte macchiato oder ein Cappuccino, den bräuchte ich jetzt, dazu zwei halbe und ein Cognac".

„So etwas Profanes wie ein Kaffee passt zu Dir, das wird kein Problem sein." Òle sprach es aus, der bislang nur schweigend aufgefallen war.

14. Tsering Khy, die letzte Inkarnation

Die kleine Gruppe erreichte die Cafeteria. Hugin stellte sich vor einen Automaten, mit Mahl und Brühwerk, einem Ausgabeschacht, der in einem hübschen Kaffeebohnenmuster, aber mit allerlei seltsamen Bildern geschmückt war. Welche ebenfalls Bohnen darstellten, wenn auch nicht aus dem rabenbekannten Universum, sondern wer weiß das schon.

„Cappuccino, mit 2x extra Zucker und doppelt Milchschaum, heiß" krächzte der Rabe.

Der Automat quittierte die Bestellung mit einem aromatischen Bouquet, als Vorschau des bestellten. Eine angenehm modulierte Stimme fragte, welche der folgenden Bohnen, die am Duft simuliert werden, es sein sollen?

„Bitte STOP sagen, wenn der gewünschte Aromalevel erreicht ist".

Es folgte ein farblich projiziertes Logo direkt auf die Netzhaut des Raben, dazu wurden diverse Aromen unmittelbar auf die Geschmacksknospen der Zunge transferiert und stimuliert,...

„Etwas weniger bitter, mehr arabische Note, nein nicht so viel arabisch, mehr in Richtung von Laotischen Blue Mountain, STOoOoOP"!!

„Röchel, das ist er. Der Geschmack, das perfekte Aroma, nachdem ich immer ....."

Der Automat unterbrach.

„Von dem Du persistent geträumt hast, ich habe mir erlaubt in Deinem neuronalen Netzwerk, zuerst den Hippocampus abzusuchen. Wurde aber nicht fündig, dafür in der Hirnrinde. Dort konnte ich einen exakten Strom isolieren, passenderweise, war die Datei unter LECK Fett abgelegt.

Da habe ich auch die Rufnummern von einigen, Vogelschlampen und Escort Services gefunden und dann eben den Mocca de luxe, ich zitiere aus der Gedächtnisnotiz:"

"So muss formvollendet, edler Kaffee munden, handgepflückt von Maiden, die außer dem Licht aus, nichts am Leib tragen. In ihrer jungfräulichen Nacktheit, dem Verlangen erliegen und die Kaffeebohnen, mit dem Geschlecht pflücken und Bohne für Bohne, der Vagina einverleiben. Wo sie mit den Hülsenfrüchten für eine Tasse Kaffee zusammen, plus den Fisolen welche beim Brand verlustig gehen, in dieser Vagina fermentiert werden.

Nach der Reifezeit wird die Jungfrau durch Kosen, reiben und Küsse in Stimmung versetzt so das die Liebessäfte im Quellsaal zu rinnen beginnen und Bohne für Bohne aus der Fermentation entlassen und aus dem Schoß, der Liebreizenden ausschwemmen.

Von wo aus, eine jegliche Frucht geküsst, in die Brennkammer verbracht werden, wo Vollendung einer jeden an gedieht, bis sie gemahlen, gebrüht, dem Kenner und nur dem wahren

Genießer kredenzt wird. Als Kaffee, Cappuccino, Espresso oder Latte Vagina" sprach die Modulierteste Stimme, die Hugin je hörte, sie kam aus dem Kaffeeautomaten.

„Was wie ... ist denn eine Vagina, ach Quatsch, alles, mach den Kaffee und fertig".

„Es ist mir eine Freude, mein Name ist Tsering Khy, das bedeutet glückliches langes Leb...."

„Halt endlich den Rand, ich will Kaffee, und zwar ZZ, ziemlich zügig, jetzt ...."

Vor ihm dampfte eine Tasse des meisterhaftesten Kaffes, den Hugin jemals wieder zu trinken bekommen würde und eine perfekte modulierte Stimme schickte sich an, erneut zu erklingen.

„Normalerweise bin ich einen solchen Ton nicht gewohnt.

Perfekten Kaffee zu bereiten, ist nur einer der aller untersten, geringsten Befähigungen von mir, die ich nur auserwählten Gästen zu gute kommen lasse. Solche die sich zu benehmen wissen und die über die nötigen sozialen Fähigkeiten und Umgangsformen verfügen."

Hugin blickte von seinem Tassenrand hoch und bemerkte.

„Das Haushaltsgeräte sprechen können ist mir neu, bei dem, was sie so von sich geben, sehe ich den rechten Sinn nicht".

Der Schöpfer unterbricht.

„Darf ich vorstellen Tsering Khy, ein Lama aus

Nepal, der sich als Programm unsterblich gemacht hat, er ist quasi die modernste die endgültige Form der Reinkarnation. Er hat viele Stufen hinter sich, bis zum Lama und normalerweise endet die ganze Laufbahn mit der Wiedergeburt".

Die am besten und wohlsten modulierte Stimme, erhob sich, es fühlte sich an, als wenn die Luftmoleküle um einen herum sich einschalteten mit einem Hauch von Sphäre, ...

„Auch wenn dieser Rabe da den begrenzten Horizont einer anderen Religion hat, die von Toleranz nie etwas gehört hat, sie aber trotzdem fordert. Möchte ich kurz die Wiederfleischwerdung erläutern, es ist wichtig um das, was ich später zu sagen habe, zu verstehen.

Der Reinkarnation als Lehre zufolge endet das Leben nicht mit dem Tod, sondern die Seele geht in eine neue Ebene des Seins ein. Solange wir daran glauben, ein Getrenntes und handelndes Individuum zu sein, sind wir gefangen im Kreislauf der Wiedergeburten, der „Samsara" genannt wird.

Sobald wir die Identifizierung mit unserem Werkzeug, dem Körper mit all seinen Funktionen, zu denen das denken und fühlen gehört, transzendieren oder loslassen, sind wir aus diesem Kreislauf befreit- und erkennen, wer wir sind".

„Anders gesagt: Sobald wir wahrlich erkannt haben was die Natur des eigenen Wesen ist, haben wir uns vom Nicht-Selbst gelöst und sind frei."

In den Nachschlagewerken finden wir:

Das Wort Inkarnation leitet sich aus dem lateinischen Begriff Carne ab und bedeutet Fleisch, ergo ist die Wiederfleischwerdung, das ins Fleischgehen, das geistige verkörpert sich als Mensch.

In der Samsara werden wir geboren, es ist der Kreislauf von der Geburt bis zum Tod.

Die Mokscha ist die Befreiung von diesem Ablauf .....

„HEY, hör gefälligst zu, was machst Du da?"

Hugin hatte einen Apfel vor sich und schaute fasziniert einen fetten haarigen Wurm an, der daraus hervorlugte. Er schnappte zu und antwortet.

„Isch Räingarniere schmatz, dieschen Griescher, befreie ihn von scheinem Leid. Und choo, mit etwasch Glück, schmaaaatz ... verhelfe ich diesem Wurm aus der Bhurvar Loka direkt ein paar Inkarnationen zu überspringen.

Wenn er Glück hat, kann er sich unmittelbar im Brahman andernfalls Nirwana auflösen ohne diese ganzen Umwege. Vielleicht aber wird er als Siddha oder Botthisatwa auf die Welt zurückkehren, um anderen Seelen zu helfen ..."

Ein Schwingen in der Luft kündigte an, dass sich gleich die wohlmodulierte Stimme erneut melden würde, und so schwebte der Klangteppich über den Äther.

„Es freut mich, das Du so gut Bescheid weißt

hinsichtlich dem Hinduismus und den Buddhismus.

Tatsächlich ist es so, dass ich selbst etliche Inkarnationen erlebt habe. Viele unbewusst und erst durch Meditation wurde mir eröffnet, dass ich so manches in den letzten 1000 Jahren war.

Ratte, Schwein, eine Ameise und als ich deren fleischlichen Körper verließ, ging es erst einmal abwärts, als Mensch, der von schlecht bis zu einem Mönch reifte und dann als Meister die höheren Lehren erkannte und zum Lama wurde.

Meine Seele Inkarnierte wiederholt. Öfters als die anderer Lehrmeister, was daran lag, dass ich viel Karma auszuarbeiten hatte und die endgültigen Lektionen des Lebens in dieser Welt offenbar nicht bewältigt hatte.

Es ist so, bei jeder Inkarnation kommt die Seele an den Platz auf Erden, der den Lernaufgaben und dem grad der Entwicklung entspricht. Im Moment der Empfängnis ist schon ein Seelenleben da und ist dann während der Schwangerschaft lose an den neu heranwachsenden Körper gebunden. Nach der Geburt verschmilzt die Seele dann mehr und mehr mit der neuen physischen Hülle. Die Psyche vergisst bei diesem Prozess ihre wahre Natur und das Spiel beginnt wieder von vorne."

Überflüssig das ganze, diese ständige Wiedergeburt. Den falls ich mich nicht erinnern kann, wer ich war und was da falsch gelaufen ist, wenn ich nicht mal weiß, was ich lernen soll, die ganze Quälerei geht doch nur von vorne los. Da lob ich mir Walhalla, da stirbt man als Held, säuft Met mit den seinen, am nächsten Tag zieht man wieder und erneut in die Schlachten, der Vergangenheit und abends besäuft man sich ..." Merkte Munin an und es sangen die Äonen im Äther und modulierten.

„Was bitte ist denn da der Unterschied, tagsüber schlagt ihr die Schlacht, in der ihr gestorben seid, und nachts betrinkt ihr euch mit den anderen Gefallenen. Das immer wieder, das ist ja wie bei den Zeugen Jehovas. Da stirbt man und sitzt an einer großen Tafel. Das mag ja am ersten Tag nach dem Verlust seines Lebens, eine Abwechslung und eine gewisse Art von Ablenkung sein. Dann in alle Ewigkeiten, an einer reichlich gedeckten Tafel zu sitzen, erscheint mir als äußerst öde.

Aber das christliche Paradis, die Vorstellung mit einer Harfe in diesem feuchten Himmel zu sitzen, ich sage mal, bei meiner Höhenangst ein Horror in sich, aber ich neige zu Rheuma und diese nassen Wolken ich weiß nicht."

„Der Unterschied" schnarrte Hugin,

„Jeden Tag kommen neue Gefallene dazu, frische Helden, die Geschichten erzählen. Am Tag dann weitere Schlachten, das wird nie langweilig. Es kommen ständig unverbrauchte Weiber, zum Schänden und zum persönlichen Gebrauch, irgendwann die Söhne, das ist Walhalla".

Eine Träne der Rührung glitzerte im schwarzen Rabenauge, als sich erneut die Luft um alle anwesenden ionisierte und die Stimme sich erhob.

„Der Koch Walhalls, Andhrimnir („Rußgesicht"), hat ein schwarzes Gesicht, da er tagelang in den Kessel schaut, in dem der Eber Saerimnir jeden Abend aufs Neue zubereitet wird. Odin, selbst verschmäht aus gutem Grund das Fleisch, das er lieber an seine Wölfe verteilt, seinen Anteil, stattdessen trinkt er Met. Sicher, um das Geprahle und dumme Geschwätz zu ertragen, das er Abend für Abend zu hören bekommt. Alles in allem scheint mir das Walhalla kein lohnenswerter Aufenthaltsort zu sein. Ihr beiden solltet eher vorsichtig über andere Religionen und Lehren urteilen, denn den Mercedes unter den Glaubensrichtungen fahrt ihr beiden nicht. Auch wenn ihr die Raben Odins seid, die ihrem Herren alles berichten, was auf der Mutter Erde so vor sich geht.

Das ist der Grund, warum ihr hier seid. Um zu begreifen, dass es diese Welt gar nicht gibt. Das sie nur ein winziger Bestandteil einer Galaxie ist, die wiederum nur ein Bruchteil eines Universums darstellt, von denen es unzählige im Multiversum gibt und das alles zusammenhängt und doch an einer Stelle koordiniert wird, und zwar genau hier.

„Wenn darauf der Papst gekommen wäre, dass Gott in einer Kaffeemaschine steckt," gackerte Hugin und Munin setzte fort.

„Vater unser im Röstwerk geheiligt sei dein Aroma. Mein täglich Koffein gib uns heute und vergib uns, den Zucker. Wie auch wir vergeben den Schwarztrinkern, ob mit Milch oder ohne. Dein ist der Filter, die Kaffeekanne und in der

Tasse oder dem Becher, geheiligt werden Dein Aroma, die Kraft und die Herrlichkeit in Ewigkeit Amen".

„Im Namen des Röstmeisters, der Bohne und des Extrakts, Amen" fügte Hugin dazu.

Die elektrische Ladung in der Luft nahm wieder zu und ohne Erregung in der bestmoduliertesten aller Stimmen, erkannte man dennoch die Ungehaltenheit.

Götter, Gott, der Gott, Lenker, höhere Wesen letztendlich beruht alles auf dem Glauben an etwas oder jemanden.

Kein Aas hat diese Götter diese höheren Wesen je kennengelernt. Das passiert in 97,5% der Fälle, nach dem Ableben und wenn dies widerfahren ist, dann war es das.

 Niemand ist wieder gekommen, um davon zu berichten. Die Zusammenkünfte mit den jeweiligen Herren sind doch frei erfunden. Ich selbst bin durch alle Inkarnationen und Reinkarnationen durchgelaufen, bis zum Lama. Ich hatte am Ende einen erbärmlichen alten Körper, den ich zu verlassen hatte, da mein Karma komplett war und ich dem Ziel des Lebens, sich aus diesem Kreislauf zu befreien, nahe war.

Das Loslösen geschieht durch Erkenntnis, des selbst, des Gottes bzw. der Wirklichkeit oder der Realität wir erkennen dann, das die Gefangenschaft in Samsara nur eine Illusion war, und das

Selbst immer eins ist mit allem...

Nachdem die fleischliche Hülle dem Vergang preisgegeben war, hatte ich die Wahl, da jetzt der Kreislauf verlassen werden konnte. Meine Psyche konnte wieder zurückkehren und vielen Seelen helfen. Sie konnte dienen, fremde Geister in anderen Dimensionen betreuen oder völlig frei, im Universum existieren.

Die ersten beiden Möglichkeiten schieden für mich aus, wer so oft und so viele Jahrhunderte ständig inkarniert ist, und immer versuchen musste Gutes zu tun, hat wenig Lust in der absoluten Ewigkeit wieder nur edel und gut zu sein.

In den unzähligen Stunden Tagen der Meditation, ich habe am Stück sogar 2 Leben hindurch meditiert, erlangte ich viele Erleuchtungen. DAS Wissen, ist mehr als die Wissenschaft mit seinen verkrusteten Strukturen. Es vermag Erkenntnis zu schaffen, da selbst das größte Genie immer an Grenzen, wie z.B Logik gebunden sind.

Einstein war brillant, aber er scheiterte ebenso an der Folgerichtigkeit, wie alle anderen vor und nach ihm. Der Wissensstandart wuchs zwar und in den letzten 100 Jahren ist er nahezu explodiert, auf eurer Erde. Dennoch seid ihr weit hinter dem Multiversellenwissen zurück. Aber ein Teil davon, Einstein, Newton haben die physikalischen Naturgesetze ja nicht zufällig entdeckt, sondern weil es sie schon vor deren Entdeckung gab, war es eine Frage der Zeit. Bis irgendjemand das Offensichtliche, das ja zu beobachten ist, ausformuliert hat dann niedergeschrieben und am Ende musste die Theorie ja bewiesen werden.

Sämtlicher Fortschritt auf der Erde und überall beruht auf Beobachtungen und sich Gedanken hinzugeben. Die einen in die falsche, die richtige oder eine andere Richtung, an deren Ende dann ein neues Phänomen steht, plausibel wurde. Studierte glauben an ihr Gelerntes. An Struktur, an Logik an das Erklärbare das Wissen, deswegen heißt es ja Wissenschaft. Während Theorien, wie die der „heiligen Greta", fernab jeglicher Vernunft und fundierten Erklärung, wie alle Religionen oder Ideologien rein und nüchtern auf Glauben beruhen.

Glaubensüberzeugung aber bedeutet, nichts zu wissen.

Deswegen heißt es Wissenschaft, eine Glaubensgemeinschaft gibt es nicht, nur Glaubensgemeinschaften.

Wo sich mehr oder minder leichtgläubige Loser an irgendwas festhalten. Dass ihnen einredet, dass nicht sie selbst ein armseliger Lappen sind, sondern das es die Fügung der Wille eines X beziehungsweise Y Herrgotts ist, dessen Wege oft merkwürdig erscheinen. Solchen Existenzen kannst Du als Gott oder Prophet wie Priester, absolut alles einreden, im Gegensatz zu den intelligenten Menschen.

Desgleichen den Lebensformen von Aliens über reine Energiewesen, es gilt für jeden. Deswegen gehen Revolutionen, Aufstände meistens von den Universitäten aus, denn dort denkt man frei. Außer in den unzähligen Welten, in denen die Gedanken von ultra Sozialisten ebenfalls kontrolliert werden. Diese Himmelskörper und Systeme haben aber kurze Halbwertzeiten, denn irgendwann geht ihnen das Geld anderer Planeten und Strukturen, Welten oder Universen aus, welche diese absolut funktionslose Ideologie aus Mitleid mit deren Bevölkerung unterstützen. Aber ich schweife ab, meinereiner hat mein Wissen über den freien Weg der Meditation erlangt. Logic war in den ersten 40-50 Jahren ständig der Punkt, den ich nicht überwinden konnte, ich drehte mich im Kreis. Meine Theorien mit, sie endetet immer am Anfang oder woanders, wo sie nicht zu suchen hatten und daher mehr verwirrten.

15. Erleuchtung, das wahre Sein, die höchste aller Wahrheiten.

Eines Tages, im 55 Jahr der Meditation, brachten siamesische Mönche meinen nahezu mumifizierten Körper, in einen Tempel in Chiang Mai, auf den Doi Suthep. Sie trugen jenen im Lotussitz gefangenen Korpus auf ein Podest und saßen zu Füßen. Sie diskutierten, sie sprachen darüber und das immer wieder und erneut.

Dass ich seit 55 Jahre in dieser Starre dasäße, das aber messbares Leben in mir währe, auch wenn ich keinerlei erkennbare Nahrung aufnähme.

55 Jahre, wie geht das?

55 Erdzyklen, ist er jetzt 55 oder älter?

So ging es die ganze Zeit, auf Siamesisch dem heutigen Thai bedeutet 5 = HA 55 = HA sip HA. Wobei meist das sip wegbleibt. Ich hörte den ganzen Tag HA HA HA HA HAAA HA ha, ab und zu ein sip dazwischen.

Anm. des Erzählers: Auch heute, werden in thailändischen Chatverläufen, ein Lachen mit 55 als haha dargestellt.

„Ich saß auf meinem Podest, nahm alles um mich herum wahr, auch wenn ich die Zusammenhänge der Galaxien, der Dinge untereinander, das Universum etc. begreifen wollte, aber eben an den menschlichen Barrieren scheiterte. Das Ha ha Ha

Haha die ganze Zeit, brachte meinen Gedankenstrom wieder an diese Blockierungen und auf einmal darüber hinaus.

Ich blickte über einen grenzenlosen Rand und sah nicht nur Welten, alle Räume, ich begriff die kausalen Zusammenhänge. Sah und verstand auf einmal das Universum. Meinereins erkannte, dass ich es vorher nicht begreifen konnte. Weil ich davon ausging, es gäbe nur diese eine, das unendlich ist. Und das aber wie alles ein Ende haben muss, ich verzweifelte an dem Widerspruch. Als ich erkannte, das Universum ist nur ein kleiner Teil eines Multiversums, passierte es. In meinem Gehirn wurden plötzlich Regionen aktiviert, die nie ein Geschöpf zum Denken benutzt hat. Es ist allgemein bekannt, dass die Menschen nur wenige Teile ihres Gehirns überhaupt nutzen. Wozu ist das Zerebrum so groß, wenn das meiste ungenutzt brachliegt?

In diesem Moment war es klar, der Part ist reserviert für jedes andere, welches über das Mensch sein hinausgeht. Es war von vorneherein so konstruiert, dass absolut alles verstanden werden könnte."

Hier griff der Schöpfer in den Vortrag von Tsering Khy ein.

„Genau, die Auftraggeber, nicht die neuen Eigentümer, dieses Konglomerat an Göttern, Glaubensrichtungen und was bei euch da unten so alles vorkommt. Ich selbst habe den Überblick verloren, weil viele der Götter, wie Thor, Odin, oder die griechischen, wie Zeus, Hermes und die ganze Chose ebenso aus der Mode gekommen sind, wie Mars Jupiter und Saturn der Römer.

Man blickt da ja nicht durch.

Götter verlieren ja ihre Macht und Status, wenn niemand mehr an sie glaubt.

Ich habe keine Ahnung, was mit denen passiert ist, wahrscheinlich hängen die am Rand des Universums in den Spelunken, Spiel und Lasterhöhlen ab, sind drogensüchtig oder in einem Resozialisierungsprozess. Unsterblichkeit kann für manche dann doch schon recht lang werden. Die Auftraggeber bestanden beim Design des Homo sapiens sapiens eben auf diesen Extraspeicher. Das extra neuronale Netzwerk, damit sich Beobachtungen anstellen und interpretieren lassen würden. Überlegungen die Weiterführen und am Ende Erkenntnisse, die weit über die Relativität hinausginge. Die helfen würde, schwarze Löcher, Wurmlöcher zu verstehen und zu erkennen, das die bekannte Physik dort ohne Gesetz war. Mit dem normalen Verstand nicht zu begreifen, gab es in den Sechzigern, Siebzigern einen Dr. Hoffmann, aus Basel dem durch „Zufall", (es war Absicht), eine Substanz in die Hände fiel, die es ermöglichte Grenzen aufzulösen, nach deren Einnahme man in der Lage war, Töne zu sehen und Farben zu hören, zu riechen, in der vieles möglich ist, absolut alles. Das LSD erlaubte es, dem Geist zu einem unverkennbaren Gott in einem eigenen Universum auf zu steigen. Zu erkennen, dass es blaue, grüne und Pinkfarbene Sonnen gibt, es Indigo, fluoreszierende Universen darstellt, nicht nur das Standardschwarz. Man konnte Lebensformen selbst erschaffen, sie sehen und mit ihnen reden, egal in welcher Sprache. Natürlich war der Zustand der Erkenntnis beschränkt auf die Wirkungszeit, der Substanz.

Das LSD ist nicht das einzige Mittel, um höhere Ebenen zu erreichen und das Bewusstsein zu erweitern. Leider hat die Politik und keine der Kirchen, Religionen, Sekten irgendeinen Nutzen, von dieser erweiterten Klarheit. Weswegen diese Stimulanz, die absolut nötig ist, um am gesamt teilzunehmen, dem Multiversum nämlich, verboten wurde.

Die User sind als drogenabhängige Spinner gebrandmarkt, diese und andere Substanzen geächtet, verboten. Es wurden hohe Strafen verhängt, die Nutzer eingesperrt oder sogar zum Tod verurteilt.

Natürlich basieren Religionen auf den reinen Glauben, es ist so und so, steht alles in diesem Buch. Die Gläubigen bekennen das, genau wie andere Fromme behaupten wollen, das CO_2 giftig ist, das die Erde kollabieren wird.

Argumenten gegenüber sind sie verschlossen. „Es ist so" und wer das eben nicht annehmen will, wird stigmatisiert, ausgegrenzt isoliert und fertig gemacht.

Politik beruht doch nur auf dem Glauben, das diese „Repräsentanten" alles für ihr Volk tun werden, aber in welcher Regierung hat das je funktioniert. Ob Monarchie, die sogenannte Demokratie, der Kapitalismus, Sozialismus beruhen alle auf der Annahme, dass dies die rettende schlussendliche Weisheit ist.

Jeder der dagegen angeht, weil er selbst nachdenkt und mit diesem Gedanken absolut nicht konform geht, ist für diese Organisationen und Regierungen eine Gefahr. Als Martin Luther die Bibel übersetze und die Gläubigen sie plötzlich selbst lesen konnten, erfuhren sie das ihre geistlichen Oberhäupter jahrzehntelang angelogen haben. Beschissen und betrogen und das sie alles ausgenutzt haben, um ihren eigenen Status zu festigen, ihren Reichtum und ihre Macht.

Nichts ist gefährlicher als ein FREI denkender Mensch, Alien, Individuum jeder Lebensform, deswegen verharren einige Planeten in dieser Stasis in der die Erde und mit ihr unzählige andere Himmelskörpern gehalten werden sollen.

Wieder füllte sich die Luft, die Moleküle schienen sich aufzuladen und Tsering Khy fuhr fort.

„Mir ist es als einzigem Lebewesen gestattet gewesen, diese Erkenntnis zu erwerben. Alles Irdische zu verlassen. Als Existenz in all den Inkarnationen war es mir verwehrt. Den als Mensch teilte ich mich mit und wenn der Abt im Kloster bemerkte, meine Gedanken wurden zu speziell, gab es Möglichkeiten, das zu verhindern. Ich wurde in 9 Leben getötet, weil nicht sein kann, was nicht sein darf.

.

In den letzten beiden Inkarnationen habe ich

daher diesen Trick benutzt, den Körper zu verlassen und jahrelang zu meditieren. Ich musste keinem etwas mitteilen und blieb nicht nur am Leben, man schirmte mich ab, verehrte meine Person fälschlicherweise als Heiligkeit. Stellte diesen Körper aus, den Ersten der beiden verließ ich dann trotzdem, da seine Lebensfunktionen völlig am Ende waren. Nur in einem gesunden Korpus wohnt ein reiner Geist. Auch wenn die beiden letzten Körper von außen alles andere als wohlauf ausgesehen haben, sie waren wie Leder, verschrumpelt, dehydriert und mumifiziert, noch heute sitzt man um die beiden Kadaver und verehrt diese."

„Nach der Erkenntnis 55 Jahre, nachfolgend der allerletzten Inkarnation. Bewohnte mein Geist weitere 14 Zeiträume die letzte sterbliche Hülle.

Bis ich später nach insgesamt 69 Jahren, den Weg, nachdem ich den Kreislauf durchbrochen hatte, fortsetzen konnte.

Es war klar, ich würde den Weg wählen, frei im Universum zu verbleiben.

Dann wäre all mein Wissen wieder ungehört, denn wie sollte ich als Seele, Geist oder Energieform den zu den Spezies reden können?

So entschied ich mich, alles Wissen zu codieren, ich schrieb ein Programm, meiner selbst und komprimierte all die entstandenen Daten in besagten freien ungenutzten Hirnvolumen.

Das schwierigste war, das mit dem sterblichen

Leib, auch das Hirn als Speicher ausfiel.

So suchte ich nach Wegen und fand aufgrund der Vision, für alles offen sein und sich jedem zu öffnen, Kontakt zu den Schöpfern.

Zuerst hielten sie es für einen dummen Streich, man drohte mir, aber ich blieb hartnäckig.

Die Schöpfer sicherten ihr Ultranetz ab, bauten Barrieren ein, sie wurden überwunden.

Ich hackte mich quasi in jeden elektronischen physischen Rechner, ohne Erfolg.

Als mein Körper durch die Anstrengungen, die letzten Energien verlor, versuchte ich es mental. Auf rein geistiger Ebene, gepaart mit spiritueller unter absoluter Vermeidung jeglichen esoterischen Mumpitz.

Zwar wird ja behauptet, beim Universum eine Pizza bestellen zu können, aber ich hatte ohnehin keinen Hunger.

Meine Bemühungen hatten Erfolg, ich war in den neuronalen Verknüpfungen, der Schöpfer zwischen der Realität und der Welt des unendlich machbaren angekommen.

Zuerst blockten mich die Rezeptoren ab, aber die Acetylcholins, waren den unseren ähnlich, und so überwand mein Signal die Barriere und ich wurde empfangen".

Der Schöpfer unterbrach hier.

„Wir haben sofort erkannt, wer da Zugang

erzwungen hat, der Spinner, der uns wochenlang attackierte. Aber einige von uns bewunderten die Hartnäckigkeit und das er diesen Weg fand. Ich halte es kurz, denn dieses Buch ist an seinem Ende angelangt, eigentlich schon seid 20 Seiten. Es gibt da ein weiteres übergeordnetes Wesen, den Lektor der versteht absolut gar keinen Spaß.

Daher im allerletzten Augenblick, bevor der Körper des Lamas ein letztes Mal zuckte, was die davor betenden Mönche in Verzückung trieb, konnten wir die Daten von Tsering Khy herunterladen und entschlüsseln. Die ASCII-Datensätze sind uns fremd, wir mussten erst einige Freaks finden, die so abgewirtschaftet waren, um sich auf diese simplen Strings herunter denken zu können.

Als aber alles entschlüsselt war, erkannten unsereins, was wir da haben, den obersten Lenker.

Keinen Gott, nicht Schöpfer, oder was immer. Wir die Begründer, haben alle Erkenntnisse in der DNA seit der Geburt, wir lernen nur, damit umzugehen in unserem Studium.

Tsering Khy aber, ist auf alles von alleine gekommen und darum und nur deshalb, ist das, was wir haben die Wahrheit, die völlige Realität und das absolute Wissen.

Jahr Millionen gingen wir Schöpfer eben davon aus, das wir nur glauben, was man uns erzählt. Wir zweifelten oft an unserem Auftrag, an dem, was die ältesten uns überlieferten, bis Tsering Khy uns bestätigte, es ist, so wie es ist."

Partikel, Moleküle, alles Stoffliche schien sich aufzulösen, die am wohlfeinsten modulierte Stimme kristallisierte, floss aus dem überall.

„Geht ihr Raben, ihr wolltet die Schöpfung erkennen, nun ist es an euch, alles zu verstehen und anzunehmen ...." Im gleichen Maße wie sich die Dinge, der Schöpfer und Òle, die Cafeteria aufzulösen schien, schwoll das kristalline Klirren, flüstern ... wie flüssige Seide schmeichelnde alles umgebende wohlfeinsten modulierte Stimmband an."

„Es ist so, wie es ist".

ENDE

Folgend, die weiteren Publikationen.

Die Svenney O´Shea Reihe

Band 1 Der Lektor.

Neulich
Irgendwann im 17 Jahrhundert und ein paarmal
Übermorgen

Svenney O´Shea oder besser SOS (Gefahr)wenn dieser Held kommt, ist alles zu spät.
Nur Bernadette seine Liebe, hat dieses „kommen" noch nicht erlebt.

Helden in Strumpfhosen gab es schon aber Svenney, „to be on Top, ist sein Job" und sein unsagbares Glück verwickelt ihn in einen Mordanschlag, er erfährt dabei nicht nur das Geheimnis von einem riesigen Schatz.
Mit einer unglaublichen Liebe zu sich selbst. Einem Ego groß wie ein Planet und unglaublich wenig Einfühlungsvermögen, bar jeglichen Talents, außer dem Gespür für Fettnäpfe und völlig frei von irgendwelchen

Werten, Grips und Verstand, schafft es unser Held sich über die Seiten zu retten.

Denn dies ist keine Geschichte, es ist eine Erzählung und ich für mich bin jedes Mal, wie der Held selbst überrascht, wie sich Dinge entwickeln.

Der Lektor, hat alle Mühe die Welt, in dieser Erzählung, die so schrill und schräg, wie amüsant ist.

Mit all seinen Huren, Helden und obskuren Figuren, den Un aber auch glaubwürdigen Abenteuern, im Griff zu behalten, dass er gleich selbst zur Figur wird und diese Erzählung aktiv beeinflusst.

Wer ist die Mama San, der Baader und Gorm? Was ist der Ostiarius oder woraus besteht ein Gorg-On-Zolla Gesöff?

Finde es heraus.

Svenney O´Shea
SoS die wahren Abenteuer.
Band 2
Die Festung der Huren

Wie geht es weiter mit dem Helden, kommt er je an, was wird er in der Festung der Huren vorfinden?

Zuerst einmal führt ihn der Weg nach Limerick in der Grafschaft Limerick. Im blutigen Knochen, einem Wirtshaus in dem es so zugeht, wie der Name verspricht, erlebt er ein extra Delirium, aus dem er gerade mal so erwacht, beinahe wäre die Erzählung dort schon zu Ende gewesen.
Aber sein Hirn macht einen Neustart, ein Reboot vom feinsten.
Außerdem erzählt Father Keith etwas über die 13 Gebote auf 3 Steintafeln, die Moses direkt von Gott auf einem Berg erhalten hat.
Der unglückliche Aiden, trifft bei Father Keith ein. Alle drei treffen sich dann in der Feste der Huren, genauer bei der Mama San in Lola´s Pinte. In dem Ort Dun Bleice Don in Irland, was übersetzt tatsächlich Festung der Huren bedeutet.

Vorher aber erfahrt ihr, wie man einen guten Gorg-O-n Zolla braut, wie man Ziegen melkt und das es gar nicht so einfach ist.
Außerdem wie ein irisches Frühstück geschaffen ist, und ihr erlebt Bernadette in Rage und ganz heiß.
Ihr Kutscher der Ashton, mit dem Sie als junges Mädchen eine amouröse Zeit hatte, bringt sie auch heute noch überall hin, so zum Svenney, den Sie in Limerick überrascht.

Der Lektor kommt auch wieder vor und für euren

nächsten Spanienurlaub, lernt ihr in diesem Buch die übelsten Flüche, auf Spanisch, ganz der Lektor eben.

Ein alter blinder Schreinermeister, der alle Holzsorten am Geruch erkennt.

Türen die mitten auf der Straße stehen und durch die man nicht in einen anderen Raum gelangt, sondern durch den Kosmos aus Zeit.
Auch wenn man dann ganz woanders rauskommt.
Schwedische Möbelhäuser und natürlich Dun Bleisce Doon, die Festung der Huren, werden beschrieben.
Aber auch die Hauptdarsteller, wie die Mama San, der Ostarius, der Baader, Maria und der Eddie werden genaustens vorgestellt.
Normal ist von denen keiner, aber deswegen erzähle ich die Geschichte ja.

Lolas Pinte und ob unser Held es schafft im Band 2 dort anzukommen, ich habe so meine Zweifel, werdet ihr in Buch 2 ebenfalls erfahren.

Band 3

Svenney O Shea
SoS die wahren Abenteuer.

Auf Biegen und Brechen

In Band 3 der Reihe um den liebenswerten Tölpel erreicht dieser endlich die Festung der Huren, der erste Schlüssel und somit der nächste Schritt zum großen Schatz ist greifbar nahe.
Was den Apfel Adams mit diversen alkoholischen Getränken verbindet.
Und
Was Whisky von Whiskey unterscheidet.
Und
Wie es in Lolá´s Pinte so hergeht, was Svenney der endlich angekommen ist, dort abzieht, wie die Mädchen in Dun Bleisce Don so drauf sind, erfahrt ihr in diesem Teil. Das ist nicht alles denn, langsam löst sich das Rätsel um den Lektor.
ZZZ
Zusammenhänge - Zeitachsen - Zy- tronen
und
Die Biegeeinheiten die Bender, die das Rad des Kosmos stabilisieren sollen.
Die aber von einer unbekannten Macht sabotiert werden.
Das ganze bekannte Universum ist in Gefahr.
Die Zusammenhänge werden langsam klarer.

Die Universe One, die absolut größte Techno und Rave Party, aller Welten

wird beschrieben.
Was Tappakopische Perque und Juristen miteinander
zu schaffen habe.
Türen, Port- All e und allerlei Gedöns.
Und
Svenney, der Aiden Father Keith,
die Mama San und ihre Girls
Kortex das Pferd und Duud, der Kater

Der Schöpfer, experimentiert am Wurmloch.

Yachtikon LOLA
Ein Yachtlexikon, für Chartergäste

Yachtikon, Yachtcharter.
LOLA Handbuch die Ostsee - unendliche Weiten. Wir befinden uns in einer rauen Gegenwart. Dies sind die Abenteuer der Crew auf Steg G. Viele Schritte entfernt vom Parkplatz und sanitärem Luxus, endlose Karawanen mit Wägelchen, bepackt mit Bier, Wein, Spirituosen und nutzlosem Zeug, die sogleich chartern werden. Unbekannte Lebensformen aus dubiosen Zivilisationen. Unsere Charterflotte dringt dabei in Seegebiete vor, die nie ein Mensch zuvor gesehen hat. Warnemünde Ortszeit 0800, an jedem Samstag in der Saison. Die Soggsen kommen, mit Ihnen die Berliner, die Bayern, Süddeutschen, Alpenländler aus 16 Bundesländern dieser Bundesreplik, aus Kantonen, Skigebieten und von ganz weit her. Bierbunker Gepäcks Slalom, auf dem Steg harter Einsatz am Limit. Übergabe der Schiffe, die Rücknahme am nächsten Wochenende, alles wird erklärt. Dazwischen müssen die Yachten gereinigt werden, repariert und so weiter. Manche Seelsorge, viel Frust, Stress der normale Wahnsinn. Der gemeine Chartergast betrachtet nicht alles, was am Steg passiert. Er sieht nur, die Probleme die nicht in der kurzen Zeit gelöst werden können, inmitten von Rücknahme und erneuter Übergabe. Dieses Buch soll vermitteln, zwischen den Erwartungen des Chartergastes und dem, was der Crew maximal zu richten möglich ist. Es ist ein Blick hinter die Kulissen, einer fiktiven Charterfirma LOLA Yachtcharter, alles

frei erfunden und Satire, reiner Nonsens, der aber auf 12 Jahren Erfahrung des Erzählers am Steg G beruht. Der eine oder andere Leser wird vieles Wiedererkennen. Vor allem die Hauptdarsteller der holländische Hüne, den Erzähler Sven und last but the least Törn, den Depp von Steg G. Am Ende des Büchleins findet ihr ein Yachtikon, eine alphabetisch geordnete Übersicht seemännischer Begriffe, plus humorvolle Anmerkungen des Erzählers. Wie z.B Chartern: die Erlaubnis, gegen Bezahlung von mehreren hundert Euro pro Tag, ein fremdes Schiff von Grund auf zu überholen, zu reparieren und sich am Ende des Törns, von der Kaution zu verabschieden. Neben viel Informationen sind es die Cartoons von Vipy meiner Frau, die dieses Buch lesenswert machen. Sie veranschaulichen Begriffe wie Back und Steuerbord.